VdN Дніпро

1857.
Ш.

TARAS SCHEWTSCHENKO

MEINE LIEDER, MEINE TRÄUME

GEDICHTE

UND ZEICHNUNGEN

VERLAG DER NATION BERLIN
VERLAG DNIPRO KIEW

Ausgewählt und mit einem Nachwort versehen
von Rolf Göbner

Die Gedichte wurden von Alfred Kurella, Erich Weinert, Hedda Zinner, Hugo Huppert, Iwan Franko, Erwin J. Bach und Hans Rodenberg übersetzt. Wir entnahmen die Übersetzungen der zweibändigen Ausgabe „Der Kobsar“, die 1951 im Verlag für fremdsprachige Literatur in Moskau erschienen ist.

ISBN 3-373-00190-0

1. Auflage 1987
Verlag der Nation Berlin
Originaltitel: Тарас Шевченко, Думи мої, думи мої...

Diese Ausgabe entstand in Zusammenarbeit zwischen
dem Verlag Dnipro Kiew und dem Verlag der Nation Berlin
Lizenz-Nr. 400/44/87
LSV 7215
Gesamtgestaltung: Manfred Damaszynski
Satz: Hauptbetrieb der ukrainischen Produktionsvereinigung
„Polygraphkniga“, Kiew
Druck und buchbinderische Verarbeitung:
Druckerei „Showten“, Kiew
Best.-Nr. 696 837 5
01980
Printed in the USSR

Die Behexte

DER Dnepr stöhnt und brüllt, der breite,
Zornbebend heult der wilde Wind,
Beugt tief hinab die hohe Weide,
Wirft Wellen, die wie Berge sind.
Still kommt der bleiche Mond gezogen,
Lugt zaghaft hinter Wolken vor —
Gleich einem Kahn auf blauen Wogen,
Versinkt er bald, taucht bald empor.
Noch krähte nicht der Hahn. Noch schweigen
Die Dörfer rings, du hörst kein Wort,
Nur Eulen rufen in den Zweigen,
Ein Eschenast knarrt hier und dort.

Eine solche Stunde war es,
Als unten am Walde
Etwas Weißes, Wunderbares
Huscht' über die Halde.
Ist vielleicht ein Nixenkindchen
Mutter suchen gegangen
Oder will den Schatz ein Stündchen,
Den Kosaken, umfangen?
Nein, kein Nixlein geht umher hier —
Ein Mädchen schmachtet
Und weiß selber nicht, wie sehr ihr
Der Geist ist umnachtet.

Dazu hat das Waldweib gebracht sie,
Wollt ihr helfen, die Alte,
Und nun geht um Mitternacht sie
Im Schlaf Ausschau halten
Nach dem Liebsten, dem Kosaken —
Hätt längst heimkehren sollen,
6 Seit im Lenz er fortgeritten;
Doch er ist verschollen.
Seine schwarzen Augen deckt nun
Kein Tüchlein, kein rotes,
Keine Mädchenträne wäscht nun
Sein Antlitz, sein totes.
Seinen weißen Leib zerreißen
Wölfe auf fremdem Acker,
Seine Augen frißt der Geier —
So geht's dem Kosaken!
Mag sie nächtens Ausschau halten —
Er kommt nicht gegangen,
Der Kosak, mit schwarzen Brauen,
Wird sie nicht mehr umfangen,
Nicht den langen Zopf ihr lösen,
Ihr das Tüchlein knüpfen.
Ach, im Grab muß er verwesen,
Statt ins Bett zu schlüpfen.

So geht es dem Mädchen. O Gott in der Höhe,
Was strafst du die Waise, die junge, auch noch?
Weil innig sie liebt den Kosaken, den schönen,
Die Augen, die schwarzen? Die Waise, die arme,
Ist einsam wie's Vöglein auf weiter Flur.
Du solltest der Jungen dich lieber erbarmen,

Die Menschen, die fremden, verspotten sie nur!
Wer hat schuld, wenn das Täubchen dem Täubrich
gewogen?
Wer hat schuld, wenn der Falke den Täuberich schlug?
Die Taube, im Glauben, er hätt sich verflogen,
Sucht schwirrend und girrend, wohin es ihn trug.
Die Glückliche kann in den Himmel sich wagen, 7
Bei Gott noch erfragen des Liebsten Spur.
Doch wen könnt auf Erden die Waise befragen?
Wer weiß es auch nur, wer könnt es ihr sagen,
Wo ruhend er weilt? Hat im Wald er sein Lager?
Oder tränkt er sein Rößlein am Donaustrand?
Oder hat er sie längst aus dem Sinn sich geschlagen
Und gab einer anderen Herz und Hand?
O wär sie ein Aar, daß sie flög, daß sie wandre!
Sie fänd ihn, den Schatz, und wär's hinterm Meer,
Und lebt' er — sie ging' und erwürgte die andre
Und stieg in die Gruft, wenn gestorben er wär!
Das liebende Herz will mit andern nicht teilen,
Es will nicht das Schicksal, das Gott ihm gemacht,
Will leben nicht mehr, um im Leid zu verweilen,
Doch „Leide!", so heißt es bei Tag und bei Nacht.
O Gott! So vollzieht sich dein Wille hienieden!
So sieht nun ihr Glück aus! So ist ihr's beschieden!

Sie irrt umher voll stummer Klagen,
Und stumm ruht auch der Dnepr nun:
Der Sturm hat das Gewölk zerschlagen
Und liegt am Meer, sich auszuruhn.
Vom Himmel strahlt des Mondes Schein,
Und über Wasser, Busch und Hain

Liegt alles rings in tiefer Ruh.
Da taucht — glucks! — aus des Dneprs Wellen
Ein lachend Kindervolk empor.
„Wir wolln uns wärmen", hört man's gellen,
„Die Sonn ist fort!" (Der nackte Chor
Trägt Binsenzöpfchen nur als Zier.)

8 . . . .

Die Mutter ruft: „Sind alle hier?
Kommt, Abendessen suchen wir.
Laßt uns spielen, laßt uns springen!
Laßt uns unser Liedlein singen!"

„Hu, hu!
Wassermann, du, du!
Mutter wollte mich nicht haben,
Hat mich ungetauft begraben!

Liebes Möndchen,
Unser Freundchen!
Komm zu uns zum Abendessen:
Ein Kosak ist abgesessen,
Liegt im Röhricht, dort am Strand,
Silbern Ringlein an der Hand!
Ist ein Junge schwarz und fein.
Liegt seit gestern dort im Hain.
Leucht heut länger auf den Wiesen!
Wolln die schöne Nacht genießen,
Bis die Hexen heimgeritten,
Bis der Hahn kräht — bitte, bitte!
Leucht uns!... Schau nur, dort bewegt sich's!
Unter jenem Eichbaum regt sich's!

Hu, hu!
Wassermann, du, du!
Mutter wollte mich nicht haben,
Hat mich ungetauft begraben!“

Die Ungetauften lachen munter,
Der Hain gibt Antwort, daß es hallt. 9
Wie wild springt dann die Schar hinunter
Zum Eichbaum lärmend — und macht halt:
Und so stehn die Ungetauften
Und schaun: In den Zweigen
Sehn sie schimmernd etwas Weißes
Den Baum hinaufsteigen.
Jenes arme Mädchen ist es —
Sie wandelt zur Nacht hier,
Schlafend, seit das alte Waldweib
Den Zauber gemacht ihr.
Hoch im höchsten Wipfel steht sie —
Das Herz voller Wunden—,
Rings nach allen Seiten späht sie.
Dann steigt sie nach unten.
Unterm Eichbaum harrn die Nixlein
Stillschweigend der Dinge.
Streicheln, schmeicheln dann die Schöne,
Zur Ruh sie zu bringen.
Lange stehn sie da und sehen
Auf die Schöne nieder.
„Kikeriki!“ — Die Hähne krähen!
Schnell ins Wasser wieder!
Trillernd steigt die kleine Lerche
Auf zum Himmelsraume,

Und der Kuckuck grüßt den Morgen
Hoch im Eichenbaume.
Hell der Sang der Nachtigallen
Durch den Wald hin zieht.
Hinterm Berg im Frührotscheine
Klingt des Landmanns Lied.
Dunkel steht der Wald am Wasser,
Wo einst Polen zogen.
Überm Dnepr blaut der alten
Gräber Hügelbogen.
Durch den Eichwald, durch das Röhricht
Zieht ein flüsternd Raunen —
Doch das Mädchen liegt am Wegrand
Unterm Eichenbaume.
Tief schläft sie und läßt den Kuckuck
Ruhig Kuckuck schrein,
Zählt nicht, wieviel Jahr er kündet...
Schlief für immer ein.

Und da kommt vom Wald herüber
Ein Kosak geritten.
Unter ihm der schwarze Rappe
Geht mit matten Schritten.
„Bist wohl müde, Bruderherze?
Heut noch wirst du ausruhn,
Bald wird ja das liebe Mädchen
Uns das Haustor auftun!
Oder gab sie einem andern
Einlaß unterweilen?
Schneller, Pferdchen, schneller, Pferdchen,
Laß nach Haus uns eilen!“

Doch zu müde ist der Rappe,
Strauchelt schon im Gange,
Des Kosaken Herz umschnürt es
Kalt wie eine Schlange.
„Dort der krause grüne Eichbaum ...
Sie ...! Mein Gott, ich glaube,
Sie ist wartend eingeschlafen,
Meine kleine Taube!“
Abgesessen und zu ihr hin:
„Herr du meines Lebens!“
Ruft beim Namen sie und küßt sie —
Alles ist vergebens.
„Warum mußten auch die Menschen
Uns zwei beide trennen?“
Klagt er, um dann mit dem Kopfe
An den Baum zu rennen!

Die Mädchen gehn aufs Feld zum Mähen
Und singen unterwegs ein Lied
Vom Sohn, der in den Krieg mußt gehen,
Als der Tatar ins Land einfiel.
So gehn sie. Drüben an der Eiche
Steht müd das Rößlein. Dicht dabei
Liegt der Kosak und ihm zur Seite
Das Mädchen — jung und schön die zwei.
Sie schleichen, um das Paar zu necken
(Wie's Kinder machen), sich hinzu.
Doch als die Wahrheit sie entdecken,
Laufen erschreckt sie fort im Nu.

Weinend kommen alle Mädchen,
Die gekannt sie haben,
Kommen auch die jungen Burschen,
Das Grab ihnen zu graben.
Kommt der Pope mit der Fahne,
Laut die Glocken klingen,

Um vor allem Volk in Ehren
Sie zu Grab zu bringen.
Stehn zwei Hügel jetzt im Kornfeld
Nah am Wegesrande;
Niemand fragt, wer hier begraben,
Wie den Tod sie fanden.
Tannenbaum und Ahorn schmücken
Das Grab des Kosaken,
Hollerbüsche rot des Mädchens
Grabhügel beschatten.
Kommt der Kuckuck, läßt sein Schreien
Über ihnen klingen,
Kommt die Nachtigall, um ihnen
Nacht für Nacht zu singen.
Singt ihr Lied, solang der Mond noch
Leuchtet in den Zweigen,
Und die Nixlein, sich zu wärmen,
Aus dem Dnepr steigen.

St. Petersburg, 1837

Lied

14 Es zieht der Strom unendlich sich
Hinab zum blauen Meer;
Vergebens wandert der Kosak
Dem Glücke hinterher.
Kommt der Kosak an fernen Strand;
Es tönt des Meeres Gischt,
Es tönet des Kosaken Herz,
Doch seine Seele spricht:

„Wohin, du ungebetner Gast?
Was ließest du daheim
Den Vater und die Mutter dein,
Dazu dein Mägdelein?
Der Fremde Menschen anders sind,
Hält schwer mit ihnen leben!
Du kannst mit ihnen weinen nicht
Und nicht mit ihnen reden.“

Kommt der Kosak ins ferne Land;
Es tönt das blaue Meer.
Er ist dem Glücke nachgerannt —
Nun ist's in Leid verkehrt.
Am Himmel fliegt der Kranichzug
In fremde Lande fort.
Nun wein, Kosak! — Dein Weg verwuchs
Mit Disteln und mit Dorn...

St. Petersburg, 1838

Kateryna

Für Wassili Andrejewitsch Shukowski
zum Andenken an den 22. April 1838

I

WENN ihr lieben wollt, ihr Mädchen,
Liebt keinen Soldaten!
Der Soldat ist fremd im Lande,
Wird euch stets verraten.
Der Soldat liebt nur zum Spaße,
Läßt euch spaßend stehen
Und geht fort. Um euch, ihr Mädchen,
Ist es dann geschehen ...
Ging es nur um euch, ich sagt' nichts;
Doch die euch geboren,
Eure Mutter, eure alte,
Ist dann auch verloren.
Blutend kann das Herz noch singen,
Denn es kennt sein Sehnen,
Doch ins Herz hinein blickt niemand,
Niemand schenkt ihm Tränen.
Darum, wenn ihr liebt, ihr Mädchen,
Liebt keinen Soldaten.
Der Soldat ist fremd im Lande,
Wird euch stets verraten.

Taub blieb Kateryna, folgte
Mutter nicht noch Vater,
Liebte, wie's das Herz ihr eingab,
Liebt' einen Soldaten.

Stand im Garten mit dem Liebsten
In der Abendstunde,
Richtete ihr junges Leben
Und sich selbst zugrunde.
Mutter ruft zum Abendessen,
Katrja läßt sie warten,
Bleibt allein mit dem Soldaten 17
Auch die Nacht im Garten.
Nacht für Nacht hielt herzend, küssend
Sie den Schatz umschlungen,
Bis durchs Dorf, von Haus zu Hause,
Flüstern böse Zungen.
Laß die Leute, laß sie reden,
Was sie immer mögen,
Zärtlich liebt sie, blindlings geht sie
Ihrem Leid entgegen.
Schlimme Nachrichten! Zum Aufbruch
Blasen die Trompeten.
Der Soldat zieht fort. Katrussja
Muß das Tüchlein nehmen.
Doch sie trägt es leicht. Die Schande
Macht ihr keine Tränen,
Mit dem Liebsten ist gut singen,
Gut, sich nach ihm sehnen.
Er versprach ja, der Herzliebste,
Wenn das Glück ihm hold ist,
Aus dem Krieg zurückzukehren,
Sagte ja, er wollte
Sie dann mit nach Moskau nehmen
Und zur Frau sie machen.
Solln die Leute unterweilen

Ruhig schmähn und lachen,
Nur ganz heimlich weint Katrussja,
Ist sonst guter Dinge,
Wenn die Mädchen auf dem Dorfweg
Ohne sie nun singen.
Guter Dinge ist Katrussja,
Weint nur im geheimen,
Wenn zur Mitternacht nach Wasser
Sie geht mit den Eimern,
Daß die Feinde sie nicht sehen,
Geht zum Brunnen leise —
Steht so unterm Hollerbusche,
Singt von Hryz die Weise.
Singt und klagt, bis selbst dem Holler
Bittre Tränen rinnen,
Niemand hört sie. Still und fröhlich
Geht sie dann von hinnen.
Guter Dinge ist Katrussja,
Läßt sich nicht betrüben,
Steht im neuen Tuch am Fenster,
Wartet auf den Lieben.
Steht und wartet. Unterdes ist
Halb das Jahr verstrichen;
Schmerzen fühlt sie unterm Herzen,
In der Seite Stiche.
Mühsam schleppt sich Kateryna,
Krank wird sie, muß liegen ...
Dann genas sie — und ein Kindlein
Strampelt in der Wiegen.
Und die Weiber gehn zur Mutter,
Reden böse Dinge:

Daß bei ihr im Haus Soldaten
Nachts die Zeit verbringen:
„Deine hübsche, braune Tochter
Ist nicht mehr alleine,
Hört schon ein Soldatensöhnchen
In der Wiege weinen.
Hat sich's angelacht, am Ende
Gar nach deinen Lehren?“
Mög euch einst, ihr Lästerzungen,
Gleiches Leiden werden
Wie der Mutter, die, zum Spott euch,
Mußt ihr Kind gebären!

Kateryna, Herzenskind!
Schwer wirst du es haben!
Sag, wo wirst du Obhut finden
Mit dem Waisenknaben?
Kommt dein Liebster nicht, wer wird dann
Herzen euch und pflegen?
Vater, Mutter sind wie Fremde —
Schwer ist's, so zu leben!

Kateryna ist genesen,
Steht am Fenster wieder,
Schaut hinaus und wiegt ihr Kindlein,
Wiegt es auf und nieder.
Schaut hinaus — doch niemand, niemand ...
Kehrt er nie zurück denn?
Weinend birgt sie sich im Garten
Vor der Leute Blicken.
Geht im Garten in der Dämmrung,

Unbemerkt von andern,
Mit dem Söhnchen auf und nieder,
Läßt die Blicke wandern.
„Hier hab ich auf ihn gewartet,
Hier mit ihm geplaudert,
Aber dort ... mein Sohn, mein Söhnchen!“ —
Und sie stockt und zaudert.
Süße Kirschen, saure Kirschen
Reifen schon im Garten;
Kateryna ging wie früher
Ihren Schatz erwarten.
Ging hinaus, doch sang sie nicht mehr,
Wie sie einst gesungen,
Wenn sie hier im Kirschengarten
Wartet auf den Jungen.
Singt nicht mehr, das braune Mädchen,
Stumm sind ihre Lieder,
Kann nur noch dem Schicksal fluchen,
Das ihr ward beschieden.
Und die bösen Zungen stechen
Scharf, wie Nadelspitzen,
Doch der Schatz ist fern, der Liebste,
Kann sie nicht beschützen.
Kann im fernen Land nicht hören,
Wie die Feinde höhnen,
Kann im fernen Land nicht sehen
Katerynas Tränen.
Ist er gar im Kampf gefallen
Fern am Donaustrande?
Oder ist er schon in Moskau,
Liebt jetzt eine andre?

Nein, er wurde nicht erschlagen,
Ist gesund noch immer,
Und solch schwarze Brau'n und Augen
Findt er nie und nimmer,
Hinterm Meer nicht, nicht in Moskau!
Auf der ganzen Erde
Gibt's nur *eine* Kateryna. 21
Doch was soll nun werden?
Brauen schwarz gab ihr die Mutter,
Leuchtend braune Blicke,
Eines konnt sie ihr nicht geben:
Ihren Teil am Glücke.
Wie die Blume ist die Schöne,
Fehlt es ihr am Glücke,
Wind und Sonne preisgegeben —
Jeder kann sie pflücken.
Laß nur über deine Wangen
Bittre Tränen regnen:
Die Soldaten zogen heimwärts
Schon auf andern Wegen!

II

Traurig sitzt am Tisch der Vater.
Ganz gebeugt vom Leide,
Sieht die schöne Gotteswelt nicht —
Nichts mehr macht ihm Freude.
Ihm zur Seite sitzt die Mutter,
Tränen in den Blicken,
Kann kaum reden, Seufzer wollen

Ihr das Wort ersticken:
„Kind, was wird nun mit der Heirat,
Wo ist denn dein Freier?
Wo die Werber, wo die Gäste
Deiner Hochzeitsfeier?
Geh und such sie in der Fremde,

Such im Russenlande,
Aber nenn mich nicht mehr Mutter,
Nenn nicht meine Schande.
Fluch der Stunde, da ich Arme
Dir das Leben schenkte,
Dich in früher Morgenstunde
Nicht im Teich ertränkte!
Wärst dem Unglück dann entgangen,
Deinem schlimmen Lose!
Tochter, meine kleine Tochter,
Meine Heckenrose!
Hab gehegt dich, hab gepflegt dich,
Wie man Rosen züchtet —
Und fürs Unglück nur! Was hast du,
Tochter, angerichtet?
Geh! Such dir die Schwiegermutter
In der Fremde dorten!
Hast auf mich nicht hören wollen —
Hör auf ihre Worte!
Geh! Und hast du sie gefunden,
Füg dich ihren Lehren.
Werde glücklich unter Fremden —
Brauchst nicht heimzukehren.
Brauchst nicht heimzukehren, Tochter,
Aus den fernen Städten ...

Doch wer wird einst mich zur langen,
Letzten Ruhe betten?
Wer, wenn nicht die eigne Tochter,
Wird mich dann beweinen?
Wer wird mir den Holler pflanzen
Zwischen Friedhofssteinen?
Wer gedenkt der sünd'gen Seele, 23
Wenn nicht du? Doch siehe,
Tochter du, geliebte, arme —
Du mußt fort! ..."
Mit Mühe
Kann zum letzten Segensspruche
Sie die Kraft noch finden:
„Gott mit dir ..." — und stürzt zu Boden,
Ihre Sinne schwinden ...

„Unglückskind", spricht nun der Vater,
„Was stehst du noch lange?"
Schluchzend stürzt sich Katrja nieder,
Seine Knie umfangend:
„Schlimmes hab ich angerichtet!
Kannst du mir vergeben?
Vater, Väterchen, vergib mir,
Falke, du mein Leben!"
„Mög dir Gott, der Herr, vergeben
Und die guten Leute.
Mir wird's leichter, wenn du fort bist —
Bet und zieh ins Weite."

Sie stand auf, verneigt' sich, ging dann
Schweigend aus der Hütte;

Von den Eltern, alt und einsam.
Schleppte müden Schrittes
Sich noch mal zum Kirschengarten,
Stand dort im Gebete,
Nahm ein wenig Erde, streut' sie
Kreuzweis auf die Beete.
26 „Gärtchen, ich muß fort“, so sprach sie,
„Nimmer kehr ich wieder,
Bald legt man in fremder Erde
Mich zur Ruhe nieder.
Nur dies Kleine wird alleine
Keine Ruhe finden,
Wird mein Unglück, meinen Kummer
Andern Menschen künden ...
Nein, erzähl nichts, wo auch immer
Sie ins Grab mich senken,
Schweig, mein Täubchen, daß die Leute
Schlecht von mir nicht denken!
Nein, du sagst's nicht... Der hier sagt es,
Wer ihn hat geboren!
Gott, mein Gott, wo find ich Zuflucht?
Nein, ich bin verloren!
Erst im kühlen Wasser, Kindchen,
Werd ich Ruhe finden,
Doch du wirst als arme Waise
Büßen meine Sünden.
Vaterlos! ...“

Und durch das Dorf geht
Kateryna weinend,
Auf dem Kopf das Schandentüchlein,

Auf dem Arm den Kleinen.
Kam vors Dorf hinaus — die Sinne
Wollten ihr vergehen;
Blickte nochmals rückwärts, nickte
Und blieb schluchzend stehen.
Wie die Pappel stand im Feld sie
Hier am staub'gen Wege,
Wie der Tau vor Sonnenaufgang
Fiel der Tränenregen.
Kann vor Tränen nichts mehr sehen,
Ist nun ganz alleine,
Hält ihr Söhnchen nur am Busen,
Herzt und küßt ihn weinend.
Doch das Kind, das kleine Englein,
Weiß noch nichts von Leiden,
Tastet nach den Mutterbrüsten
Mit den Händen beiden.
Rot ist hinterm Wald die Sonne
Schon untergegangen,
Kateryna ging von dannen,
Das Herz voller Bangen.
Lang ward noch im Dorf geredet,
Hin und her geraten —
Doch die Eltern hören's nicht mehr,
Nicht Mutter, nicht Vater.

Was der Mensch sich alles antut!
Dieser wird geschunden,
Jenen hängt man, und der dritte
Bringt sich selbst zugrunde ...
Und wofür? — Das weiß der Himmel.

Schau, wie weit die Welt ist,
Doch kein Ruheplätzchen findet,
Wer auf sich gestellt ist.
Einem gibt das Schicksal alles —
Gaben über Gaben,
Doch dem andern grad soviel nur,
28 Sich das Grab zu graben.
Wo, wo sind die guten Menschen,
Die mein Herz erkoren,
Sie ein Leben lang zu lieben?
Verschwunden, verloren!

Es gibt Glück auf Erden,
Aber kennt es einer?
Freiheit könnte werden,
Doch es hat sie keiner.
Überall gibt's Menschen,
Gehn in Gold und Seide,
Leben wie die Herren,
Aber ohne Freude,
Ohne Glück und Freiheit.
Purpurne Gewande
Decken Not und Leiden —
Klagen gilt als Schande.
Könnt das Gold ja nehmen,
Reich und reicher werden,
Ich wähl mir die Tränen —
Will dem Übel wehren.
Will mit bittren Tränen
Das Unglück zugießen,
Will die Knechtschaft treten

Mit den bloßen Füßen,
Dann erst werd ich fröhlich,
Dann erst werd ich reich sein,
Wenn mein Herz wird ruhig
Und auch frei zugleich sein!

29

III

Eulen schrein im stillen Walde,
Hell die Sterne funkeln,
Längs des Weges huscht die Feldmaus
Durch das Gräserdunkel.
Friedlich ruhn die guten Leute,
Schlafen schon ermattet:
Der vom Glück und der von Tränen;
Alles hüllt die Nacht ein.
Hüllte alles ein, die dunkle,
Wie ihr Kind die Mutter.
Wo gab sie Katrussja Zuflucht?
Fand ein Dach die Gute?
Wiegt ihr Kind sie auf dem Felde
Zwischen Roggengarben,
Schaut im Wald sie nach dem Wolf aus
Zwischen Moos und Farnen?
Schwarze Brauen! — nimmer solltet
Ihr ein Mädchen schmücken,
Wenn es einst um euretwillen
Sich so tief muß bücken!
Und was wartet ihrer weiter?
Böse, böse Dinge!

Gelben Sand und fremde Menschen
Wird das Schicksal bringen.
Bringen wird es Frost und Kälte ...
Und wenn *ihn* sie findet:
Nimmt er Kateryna zu sich
Mit dem kleinen Kinde?
Er allein ließ sie vergessen
Wege, Sand und Kummer,
Sprach mit ihr, wie einst die Mutter,
Wiegte sie in Schlummer ...

Nun, wir werden später sehen,
Werden später hören ...
Will indes den Weg nach Moskau
Richtig euch erklären.
Ist ein weiter Weg, ihr Brüder,
Oh, ich weiß, ich weiß!
Wenn ich seiner nur gedenke,
Wird mir kalt und heiß.
Hab ihn selber einst durchmessen —
Hätt ich nie gekannt ihn!
Keiner wird mir glauben, macht ich
Alles Leid bekannt ihm!
„Geh, das schwindelt er“, so heißt's dann
(Freilich hinterm Rücken!),
„Lügt das Blaue sich vom Himmel,
Um die Leut zu zwicken.“
Ihr habt recht, habt recht, ihr Leute,
Lieber will ich schweigen,
Wozu soll ich euch mein Leiden,
Meine Tränen zeigen?

Ja, wozu auch? Jeder schleppt ja
Seinen eignen Plunder!
Schluß damit! Und gebt mir lieber
Feuerstein und Zunder
Und Tabak, daß ich's verrauche;
Wollt ich es erzählen,
Könnten euch zu Haus vor Kummer 31
Böse Träume quälen.
Hol der Teufel Not und Sorgen!
Ich will lieber schauen,
Wo mit ihrem Kind Katrussja
Wandert durch die Auen.

Hinter Kiew, hinterm Dnepr
Ziehn auf ihrer Reise
Durch den Wald ein paar Tschumaken,
Singen trübe Weisen.
Und ein junges Weib kommt ihnen
Durch den Wald entgegen,
Traurig, mit verweinten Augen —
Wohl auf Wallfahrtswegen.
Flicken trägt ihr Kleid. Am Rücken
Hängt ein kleines Bündel.
In der Hand ein Stab. Im Arme
Ruht schlafend ein Kindlein.
Die Tschumaken halten. Hastig
Deckt sie zu das Kind:
„Wißt ihr nicht, wie ich den schnellsten
Weg nach Moskau find?"
„Weg nach Moskau? Hier — das ist er!
Mußt's wohl eilig haben?"

„Ja, nach Moskau. Und ich bitt euch:
Eine kleine Gabe!“
Weiter geht sie zitternd, schamrot:
Betteln ist so schwer!
Und wozu auch?!... Doch das Kindchen?
Wie soll sie's ernähren?
 Weinend kam sie bis Browary.
Kaufte mit dem Groschen
Abends hier ein Zuckerplätzchen
Für den kleinen Goschen.
Lange, lange ging die Arme,
Ging und fragte immer;
Oft schlief sie mit ihrem Söhnchen
Unter freiem Himmel...

Seht, was halfen ihr die braunen Augensterne?
Daß an fremden Zäunen Tränen sie vergießt!
Schaut, geht in euch, Mädchen! Hier könnt ihr
was lernen:
Daß ihr den Soldaten nicht einst suchen müßt,
Wie hier Kateryna ihren Schatz muß suchen...
Dann bleibt euch erspart, daß euch die Leute fluchen,
Daß zur Nacht sich euch Tür und Tor verschließt!

Fragt mich nicht, ihr braunen Mädchen,
Niemand kann's euch deuten:
Den, der Gottes Strafe duldet,
Strafen auch die Leute.
Gleich dem Schilfrohr beugt der Mensch sich,
Wie der Wind ihn weht.
Auch der Waise scheint die Sonne

(Wenn auch kühl und spät) —
Gerne löschten sie die Menschen —
Tät's ihre Kraft erlauben —,
Um der Waise mit der Sonne
Auch den Trost zu rauben.
Und wozu nur, Herr des Himmels!
Warum muß sie leiden?
Tat sie ihnen etwas Böses?
Was wollen die Leute?
Sie soll weinen! — Herz, mein Herz!
Wein nicht, Kateryna,
Zeig den Menschen nicht dein Leid,
Berge dich vor ihnen!
Und daß dein Gesicht nicht blaß wird
Und nicht bleich die Brauen,
Wasch mit Tränen sie im Walde
Bis zum Morgengrauen.
Wasch sie — niemand wird es sehen,
Niemand dich verlachen,
Doch das Weinen wird das Herz dir
Wieder leichter machen.

Mädchen, seht, wie schwer an ihrem Leid sie trägt!
Leichten Herzens hat sie der Soldat verlassen.
Blind ist das Geschick — sieht nicht, wen es schlägt.
Menschen sehen's, doch sie sagen nur gelassen:
„Was ist da zu machen? Hätte sie nur gleich
Auf sich achtgegeben. Jetzt muß sie es büßen!"
Drum gebt acht, ihr Mädchen, sonst trifft es auch euch,
Und ihr werdet den Soldaten suchen müssen!

Wo ist nun Katrussja?
Hat geruht am Straßenrande,
Ist früh aufgestanden,
Um nach Moskau bald zu kommen.
Winter ward's im Lande.
Übers Feld hin streicht der Schneesturm.

Kateryna wandert,
Dünne Bastschuh an den Füßen,
Ohne Tuch und Mantel.
Wankend schleppt sich Kateryna.
Schau — wer geht dort drüben?
Ist das nicht ein Zug Soldaten?
Ihre Pulse fliegen.
Und sie läuft hinzu, bestürmt sie:
„Habt ihr nicht gesehen
Meinen Iwan?“ Doch sie sagen:
„Wissen nichts!“ und gehen
Weiter, auf Soldatenweise,
Spottend noch und lachend:
„Schau, das Weibsstück! Ja, die Unsern!
Was die alles machen!“
Kateryna hebt die Augen:
„Ihr seid, seh ich, Menschen?!
Wein nicht, Kindchen, was geschehn muß,
Ist nicht abzuwenden!
Komm. Wir werden ihn schon finden,
Eh wir ganz verderben.
Sicher nimmt er dich. Ich selber
Kann dann ruhig sterben.“

Heulend läßt sein Lied der Sturmwind
Übers Feld hin tönen,
Doch im Feld steht Kateryna,
Läßt die Tränen strömen.
Sturmwind hat sich müd gelaufen,
Heult nur hin und wieder,
Kateryna möcht noch weinen —
Doch die Augenlider
Bleiben trocken. Sieh, das Kindchen:
Von Tränen befeuchtet
Strahlt es rosig, wie die Blume,
Die im Frühtau leuchtet!
Leise lächelt Kateryna,
Lächelt schmerzlich-bange,
Doch ihr Herz tut weh, als säß dort
Eine schwarze Schlange.
Schweigend blickt sie um sich. Siehe:
Dort vorm schwarzen Walde
Steht am Wegrand eine Hütte
Einsam auf der Halde.
„Komm, mein Kind, es wird schon dunkel ...
Läßt man uns wohl ein?
Nun, wenn nicht, wird auf dem Hofe
Unser Lager sein.
Werden dann, Iwan, mein Söhnchen,
Vor der Hütte schlafen.
Doch wo wirst du übernachten,
Wenn ich nicht mehr da bin?
Auf dem Hofe wirst du sitzen
Bei den bösen Hunden,
Und die Hunde beißen, Söhnchen!

Aber sie verwunden
Dich mit Reden nicht und Spotten! ...
Ja, ein Hundeleben! ...
So ein Jammer, so ein Kummer!
Gott, was wird das geben?“

36 Selbst der Hund hat noch ein Stück Glück auf Erden,
Selbst das Waisenkind hört ein gutes Wort;
Wohl wird es geschimpft, auch geschlagen werden,
Doch nach seiner Mutter fragt man nicht zum Spott.
Den hier wird man früh schon mit Fragen quälen,
Eh er noch, der Kleine, hilflos stammeln kann.
Wen jagen die Hunde durch das Dorf mit Bellen?
Wer sitzt hungrig, nackt unterm Zaune dann?
Wer geht mit dem Bettler? Der Bankert, der kleine ...
Nur die schwarzen Brauen blieben ihm alleine,
Und um sie selbst sehn die Leute schief ihn an!

IV

Entlang der Schlucht, dem Berg zur Seite,
Ragen die Eichen riesenhoch,
Wie Recken aus den Hetmanzeiten.
In Reihen stehen alte Weiden
Am Teiche, der fest gefroren noch.
Im Eis — ein dunkles Wasserloch ...
In Wolken, die in Flammen stehen,
Will schon die Sonne untergehen.
Ein Wind erhebt sich, eisig kalt.

Rings alles weiß, niemand zu sehen.
Dumpf stöhnt es manchmal tief im Wald.

Brausend, heulend kommt der Schneesturm
Durch den Wald gezogen,
Deckt die Felder zu mit Flocken
38 Wie mit Meereswogen.
Aus der Hütte tritt der Förster,
Durch den Wald zu gehen.
Aber wie? Wild tobt das Wetter —
Nichts ist mehr zu sehen.
„So ein Sturm! Da mag der Teufel
Heut den Wald betreuen!“
Geht zur Hütte. Doch was ist das?
So ein Haufen Leute!
Sind sie ganz von Gott verlassen,
So im Sturm zu reiten?
Oder sind's Soldaten? Sieh nur:
Wie weiß sie beschneit sind!
„Wie, Soldaten? Wo? Wo sind sie?“
„Was ist dir? Du glühst ja!“
„Sag doch — wo sind die Soldaten?“
„Dort am Weg, du siehst ja!“
Und hinaus läuft Kateryna,
Ohne umzublicken.
„Der sind wirklich die Soldaten
Ganz zu Kopf gestiegen!
Selbst im Schlaf sieht sie Soldaten
Und ruft laut nach ihnen.“
Durch das dichte Schneegestöber
Stolpert Kateryna.

Außer Atem steht sie barfuß
Mitten auf dem Wege.
Die Soldaten, all zu Pferde,
Reiten ihr entgegen.
„Du, mein Unheil, mein Geschick du!“
Sie stürzt vor ... Da sieht sie
An der Spitze einen Reiter. 39
„Iwan, du mein Liebster!
Herzgeliebter, sag, wo warst du?
Hab ich dich nun wieder?“
Läuft zu ihm und faßt den Bügel.
Kalt nur blickt er nieder.
Spornt den Rappen an zum Sprunge.
„Liebster, warum fliehst du?
Hast du mich denn ganz vergessen?
Hier: Katrussja! Siehst du.
Sieh mich an, Geliebter, hör doch,
Hör, um Gottes willen:
Kateryna, deine Liebste!
Halt das Pferd doch stille!“
Doch er schenkt ihr keinen Blick,
Treibt das Pferd zur Eile.
„Sieh, ich will ja auch nicht weinen,
Warte doch, verweile!
Ja, bei Gott, ich bin Katrussja —
Warum sollt ich lügen?
Iwan, kennst du mich nicht wieder?“
„Nimm die Hand vom Bügel!
Heda! Schafft sie fort, die Närrin!“
„Gott, ich bin verloren!
Iwan, willst du mich verstoßen?

Hast mir doch geschworen!“
„Faßt sie, schafft sie fort! Was gafft ihr?“
„Wie, mich solln sie fassen?
Ja, wofür denn, sag doch, Liebster!
Wem, wem willst du lassen
Deine Katrja, die dich zärtlich
Einst im Gärtchen liebte,
Die dir einen Sohn geboren,
Die dich nie betrübte?
Sei nicht böse, Schatz, Geliebter!
Laß mich nicht so wandern,
Will ja gern als Magd dir dienen,
Lieb nur eine andre!
Lieb die ganze Welt... Vergessen
Sei die alte Liebe
Und daß ich ein Kind gebar dir
Und das Schandentüchlein ...
Ja, das Tüchlein... Oh, die Schande!
Sieh, ich laß ja Ruh dir.
Geh, verstoß mich und vergiß mich —
Nur den Sohn nimm zu dir!
Gelt, du nimmst ihn? Herzensliebster,
Reit nicht weiter, bitte!
Wart, ich bring dir deinen Sohn.“
Und sie läuft zur Hütte.
Kommt zu ihm zurückgelaufen,
Trägt im Arm das Söhnchen,
Nackt und bloß; in seinen Augen
Blinken heiße Tränchen.
„Sieh, hier ist er! Doch wo bist du
Plötzlich hingeraten?

Fort! Den Sohn, den Sohn verstoßen
Hat der eigne Vater!
Gott, mein Gott! Wohin, was mach ich
Mit dem Kind, dem armen?
Nehmt es mit euch, ihr Soldaten,
Gute, habt Erbarmen.
Seht das Waisenkind hier, helft ihm, 41
Sonst ist es verloren,
Nehmt es, gebt es euerm Hauptmann,
Ihm hab ich's geboren.
Ich verlaß es, wie sein stolzer
Vater es verlassen —
Möge Unglück ihn verfolgen
Auf der Lebensstraße! ...
Hab in Sünden dich geboren —
Wachs denn, mir zur Schande,
Zum Gespött." Und damit legt sie's
Hin am Straßenrande.
„Such nun selber deinen Vater,
Ich vermag es nimmer ..."
Läuft zum Walde und verschwindet.
Auf der Straße wimmernd
Liegt das Kind. — Doch die Soldaten
Reiten achtlos weiter.
's ist auch besser wohl. — So fanden's
Dann die Förstersleute.

Bloßen Fußes läuft Katrussja
Durch den Wald zur Schlucht hin.
Weint und redet mit Iwan,
Fleht ihn an, verflucht ihn.

Kommt zum Wald heraus — da hat sie
Schon den Teich gesehen:
Rennt aufs Eis... Am Wasserloche
Bleibt sie plötzlich stehen:
„Gott empfange meine Seele,
Du — den Leib empfange ...“

Und fort ist sie!... Unterm Eise
Rauscht's mit dumpfem Klange.

Katrja mit den schwarzen Brauen
Hat ihr Ziel gefunden.
Winde wehn — und auch die letzte
Spur ist nun verschwunden.

Nicht der Wind, der wilde, ist es,
Was die Eiche verdirbt;
Nicht das ist des Kindes Kummer,
Daß die Mutter ihm stirbt.
Nicht das Kind ist eine Waise,
Das die Mutter begrub —
Ihm bleibt ja das Grab als Trost
Und ihr guter Ruf.
Mag es auch, allein geblieben,
Spott zu tragen haben —
Weinend findet's immer Zuflucht
An der Eltern Grabe.
Doch was macht das Kind, das arme,
Das der eigne Vater
Von sich stößt und das die Mutter
Ließ am Straßengraben?
Was wird aus dem Kind der Sünde?

Wer wiegt es in Schlummer?
Keine Hütte, keine Sippe —
Wege, Sand und Kummer...
Eines Herren fein Gesichtchen —
Jeder sieht es gleich!
Dazu Mutters schwarze Brauen —
Besser wärn sie bleich! 43

V

Wo's nach Kiew geht, sitzt singend
Ein Kobsar am Wege.
Ganz behängt mit Bettelsäcken
Sitzt ein Kind daneben.
In der Sonne heißen Strahlen
Nickt der Kleine schläfrig;
Der Kobsar singt unterweilen
Alte Lieder kläglich.
Wer vorbeigeht, gibt dem Alten
Eine kleine Gabe,
Brot und Groschen. Doch die Mädchen
Blicken auf den Knaben
Unter ihren schwarzen Brauen:
Hungrig, ohne Schuh!
„Seht nur, schwarze Brauen hat er! —
Doch kein Glück dazu!“

Wo's nach Kiew geht, kommt blitzend
Ein Sechsspänner gefahren.
Drinnen sitzt mit ihrem Manne

Eine feine Dame.
Vor den Bettlern hält die Kutsche.
Weithin stäubt der Sand.
Iwas läuft hinzu. Die Dame
Winkt ihm mit der Hand,
Gibt Iwas ein kleines Geldstück,
44 Sieht ihn freundlich an.
Doch der Herr blickt schnell zur Seite —
Er hat ihn erkannt!
Hat erkannt die braunen Augen,
Hat die Brau'n gesehn,
Seinen eignen Sohn — der Vater!
Doch er läßt ihn stehen!
Und die Dame fragt: „Wie heißt du?“
„Iwas.“ — „Nein, wie herzig!“
Staub fliegt auf — fort ist die Kutsche,
Iwas lächelt schmerzlich ...
Ihre Bettelgroschen zählend,
Saßen noch die beiden,
Sprachen ein Gebet und zogen
Ihres Weges weiter.

St. Petersburg, 1838

LIEDER, meine lieben Lieder,
Ihr bringt vieles Leid mir!
Warum steht auf diesen Blättern
Traurig Reih an Reih ihr?
Warum hat wie Staub der Steppe
Nicht verweht der Wind euch?
Nicht in Schlaf gewiegt der Kummer
Als sein eigen Kind euch?...

Weil der Kummer euch nur zum Gespött geboren
Und getränkt mit Tränen... Warum seid verloren,
Fortgeschwemmt ins Meer ihr nicht, ins Feld zerronnen?
Niemand würd dann fragen, wie mein Leid begonnen,
Niemand auch, warum ich mit dem Schicksal hadre
Und der Welt zur Last bin, würde nicht mehr sagen:
„Hör schon endlich auf!“...

Ihr Blütenkinder, meine!
Warum zog ich groß euch, warum pflegt ich euch?
Gibt es denn ein Herz, das so mit euch wird weinen,
Wie ich selbst geweint hab? Oder gibt’s vielleicht...

Gibt’s vielleicht ein Mädchenherze,
Gibt es dunkle Augen,
Die mit diesen Liedern weinen? —

Oh, mir würd es taugen...
Eine Träne aus dunklen Augen
Macht mich wieder heiter!

Lieder, meine lieben Lieder,
Ihr bringt vieles Leid mir!

46

Dunkle Augen, schwarze Brauen
Hat mein Herz besungen.
Unter Schluchzen, unter Lachen
Ist mein Lied erklungen.
Sang, so gut es konnt, vom stillen
Grünen Kirschengarten,
Wo in dunkler Nacht die Mädchen
Auf den Liebsten warten...
Nach den Gräbern unsrer Steppe,
Unsrer Ukraine,
Bangt das Herz, und wollte nimmer
In der Fremde singen!
Wollte nicht in Schnee und Wälder
Die Kosakenscharen
Um die Fahnen, um den Buntschuk
Zur Versammlung laden.
Mögen über der Ukraine
Ihre Seelen schweben —
Dort ist Weite, dort läßt heiter
Überall sich's leben...
Wie die Freiheit, die verschwundne,
Meergleich fließt der Dnepr
Zwischen bergehohen Gräbern

Т. Шевченко.

Brausend durch die Steppe.
Dort trat der Kosaken Freiheit
Jauchzend einst ins Leben,
Hat mit Polenpans, Tataren
Zugedeckt die Ebne,
Zugedeckt mit Feindesleichen
48 Unsrer Felder Wasen...
Dann entschlief sie... Und nun liegt sie
Selber unterm Rasen.
Drüber zieht der schwarze Adler
Wachend seine Kreise —
Ihren alten Ruhm besingen
Der Kobsaren Weisen.
Blinde Sänger! Unsre Vorzeit
Klingt in euern Liedern —
Ihr versteht's... Doch ich?... Doch ich
Wein nur immer wieder.
Für die Ukraine find ich
Tränen — Worte nimmer!
Soll ich Elend singen? — Geh doch,
Elend gibt es immer.
Wehe dem, der nur von Leiden
Singen kann und sagen!
Höllen warten sein hier unten,
Und im Jenseits...

Klagen

Schaffen mir kein beßres Schicksal,
Wenn ich's so nicht finde.
Mag das Elend ewig dauern —
Ich versteck's geschwinde

Und verberg die böse Schlange,
Die am Herz mir kauert,
Daß die Feinde sie nicht sehen,
Wie sie hämisch lauert! ...
Der Gedanke — mag er fliegen,
Krächzend, gleich der Krähe,
Zwitschern gleich der Nachtigalle
Wird mein Herz und flehen,
Heimlich weinen — daß die Leute
Nicht mehr spottend greinen ...
Trocknet mir nicht meine Tränen,
Laßt mich ruhig weinen.
Tag und Nacht will fremde Felder
Weinend ich begießen,
Bis mit fremdem Staub die Priester
Mir die Augen schließen.
So soll's sein! Was tät ich andres?
Klagen helfen nimmer.
Wer mein einsam Los beneidet,
Den straf Gott für immer.

Lieder, meine lieben Lieder,
Meine Blütenkinder!
Hab gehegt euch, hab gepflegt euch —
Wo soll ich euch hintun?
Geht in die Ukraine, Kinder,
Unsere Ukraine,
Geht verstohlen, arme Waisen —
Ich bleib hier alleine.
Zarte Worte findet dort ihr,
Herzen, liebesschwere,

Und die Wahrheit findet dort ihr,
Auch wohl Ruhm und Ehre ...

Und du — nimm sie auf, geliebte
Mutter du, Ukraine!
Meine Kinder, scheu und töricht,
Nimmt sie auf wie deine!

St. Petersburg, 1839

Die Pappel

DURCH die Wälder, über Felder 51
Macht der Wind die Runde,
Eine Pappel beugt am Weg er
Nieder bis zum Grunde.
Grünes Laub am schlanken Stamme
Trägt sie — doch für wen?
Ringsumher wie blaue Wogen
Felder nur sich dehnen.
Schweigend geht, gesenkten Hauptes,
Der Tschumak vorüber;
Mit der Flöte sitzt der Hirte
Am Kurgan dort drüben.
Sitzt und schaut mit wehem Herzen;
Niemand in der Runde!
Wie die Waise in der Fremde
Geht sie hier zugrunde!

Sagt, wer zog sie auf, die Schlanke,
Läßt sie hier sich quälen
In der Steppe? — Hört, ihr Mädchen!
Will es euch erzählen.

Liebte ein schwarzbraunes Mädchen
Einst einen Kosaken.
Er zog fort und mußt sein Leben

In der Fremde lassen.
Hätte sie's gewußt, sie hätte
Ihn nicht liebgewonnen,
Hätte sie's gewußt, sie hätt ihn
Nicht zum Schatz genommen.
Hätte sie's gewußt, zum Brunnen
52 Wär sie nicht gegangen,
Hätt nicht nächtens mit dem Liebsten
Unterm Baum gestanden.
Hätte sie's gewußt! ...
Doch bitter
Ist's vorauszublicken.
Was die Zukunft bringt, ihr Mädchen,
Laßt's euch nicht bedrücken.
Fragt das Schicksal nicht! Von selber
Wird das Herz euch sagen,
Wen es liebt. Drum liebt, bevor man
Euch zu Grab getragen.
Nicht für lange leuchten rosig
Euch die frischen Wangen,
Glänzen euch die schwarzen Augen,
Mädchen, nicht für lange!
Bis zum Mittag nur — dann bleichen
Eure schwarzen Brauen ...
Liebt nur, liebt, solang noch Zeit ist,
Könnt dem Herzen trauen!

Wenn im Hollerbusch die kleinen
Nachtigallen sangen,
Kam durch Wald und Wiese singend
Der Kosak gegangen.

Sang sein Lied, bis daß sein Mädchen
Vor das Haus gekommen.
„Hat die Mutter dich geschlagen?“
Fragt er sie beklommen.
Und so stehn sie fest umschlungen,
Lauschen alle beide
Dem Gesang der Nachtigallen, 53
Um dann froh zu scheiden.
Niemand hat sie so gesehen,
Und es fragt sie keiner:
„Sag, wo warst du? Sag, was tatst du?“
Das weiß sie alleine.
Doch die süße, heiße Liebe
Läßt das Herz ihr schlagen:
Heimlich spürt's das böse Ende,
Kann es nur nicht sagen.
Und sie schweigt — allein geblieben,
Girrt nun Tag und Nacht sie
Wie das Täubchen ohne Täubrich,
Niemand nimmt in acht sie ...

Seit im Hain der Nachtigallen
Lieder nicht mehr klingen,
Hat das Mädchen an der Weide
Aufgehört zu singen.
Singt nicht mehr — verwaist, verlassen
Blickt sie in die Weite.
Ohne ihn sind Vater, Mutter
Ihr wie fremde Leute;
Ohne ihn lacht selbst die Sonne
Wie ein Feind; die helle

Welt ist düster wie ein Kirchhof...
Und ihr Herz schlägt schneller.

Ein Jahr ging dahin und noch eins,
Doch er kehrt zurück nicht,
Der Kosak. So welkt dahin sie.
54 „Kindchen, was bedrückt dich?“
Fragt die Mutter nicht. Denn heimlich
Denkt sie, einem grauen,
Reichen Mann die junge Tochter
Nächstens anzutrauen.
„Kindchen“, sprach die Mutter, „willst du
Mädchen bleiben ewig?
Fand zum Mann dir einen Herrn,
Er ist reich und ledig!“ —

„Keine Herrin will ich werden,
Keinen Alten haben,
Lieber noch im Hochzeitskleide
Sollst du mich begraben.
Lieber soll der Pope singen,
Solln die Mädchen weinen:
Lieber will im Sarg ich liegen
Als mich ihm vereinen!“

Doch die Mutter will nicht hören,
Tut nach ihrem Willen.
Und das Mädchen, das sie tun sieht,
Schweigt und welkt im stillen.
Läßt sich nachts die Zukunft deuten,
Will die Wahrheit wissen:

Wird sie lange so alleine
Hier noch leben müssen?
„Gute Alte, du mein Täubchen,
Mütterchen, geliebtes!
Sag mir, sag die reine Wahrheit:
Wo ist er, mein Liebster?
Lebt er? Liebt er mich noch immer,
Hat er mich vergessen?
Sag es mir! Ich will, wenn's sein muß,
Land um Land durchmessen.
Sag mir's, Mütterchen, mein Täubchen,
Du kennst ja mein Leben...
Mutter will mich einem reichen,
Alten Manne geben.

Doch ich kann ihn nimmer lieben
Mit dem jungen Herzen.
Hätt mich schon ertränkt, doch wollt ich
Nicht mein Heil verscherzen.
Ist er aber tot, mein Liebster,
Hilf mir, laß dich bitten,
Daß ich nicht nach Haus muß gehen...
Hab genug gelitten!
Dort zu Haus sind schon die Werber...
Sag, was mich erwartet."
„Gut, mein Kindchen! Ruh ein Weilchen.
Tu, was ich dir rate.
Bin auch einmal jung gewesen,
Weiß, was das bedeutet;
's ist vorüber — bin jetzt klüger:
Helfe andern Leuten.

1.

Bin mit deinem Unglück, Kindchen,
Lange Zeit vertraut schon.
Hab seit langer Zeit ein gutes
Kräutlein dir gebraut schon."

Und ein schwarzes Fläschchen holt die
58 Alte ihr herunter:
„Hier hast du das Wunderkräutlein.
Geh damit zum Brunnen,
Wasch dich dort mit frischem Wasser,
Eh die Hähne krähen.
Trink von diesem Trank. Dann wird dir
Alles Leid vergehen.
Trink, und lauf aus allen Kräften,
Was da auch mag kommen,
Blick nicht rückwärts! Bleib erst stehn,
Wo Abschied ihr genommen.
Ruh dort aus. Und wenn am Himmel
Mond und Sterne blinken,
Trink noch einmal. Kommt er dann nicht,
Mußt du dreimal trinken.
Nach dem ersten Trunke wirst du
Wieder schön wie früher.
Nach dem zweiten hörst ein Pferd du
In der Steppe wiehern.
Lebt er, der Kosak, dann wird es
Gleich zu dir ihn tragen.
Nach dem dritten Trunk — doch danach
Sollst du mich nicht fragen!
Noch eins: schlag kein Kreuz! Ansonsten
Wird alles zunichte.

Geh nun fort. Bald siehst du alles,
Wie ich dir's berichtet."

Nahm den Trank und neigte tief sich:
„Dank dir, gute Alte!"
Trat hinaus: „Gehn oder nicht gehn?
Nein! Nichts kann mich halten!" 59
Kam zum Brunnen, wusch sich, trank
Und blieb lächelnd stehen,
Trank zum zweiten, dritten Male,
Ohne umzusehen.
Eilte in die weite Steppe,
Flog, als wie auf Schwingen.
Fiel, stand wieder auf und weinte
Und — begann zu singen.

„Schwimme, schwimme, junges Schwänchen,
Über blaue Meere!
Wachse, wachse, junge Pappel,
Hoch und immer höher!
Wachse, bis du bei den Wolken,
Schlanke, angekommen —
Frage Gott: werd ich den Liebsten —
Werd ich ihn bekommen?
Wachse, wachse, schau hinüber
Übers Meer, das weite,
Hier am Ufer ist mein Leiden,
Drüben — meine Freude.
Drüben geht mein Schatz, mein liebster,
Singt mir süße Lieder.
Und ich weine hier alleine,

Sehne mich hinüber.
Sag ihm, Herz, wie mich die Leute
Alle hier verhöhnen,
Sag ihm, daß ich hier muß sterben,
Kann ich ihn nicht sehen!
Hier wird mich die eigne Mutter
In den Tod noch treiben.
Und wer wird dann, wenn sie alt ist,
Bei der Armen bleiben?
Wer wird sie dann hegen, pflegen,
Halten sie im Arme?
Mutter, Mutter! Ach, mein Unglück!
Daß sich Gott erbarme!

Halt gut Ausschau, liebe Pappel!
Kommt er nicht, kannst weinen
Morgens du vor Sonnenaufgang,
Denn da sieht es keiner...
Wachse, wachse, Herzenspappel,
Hoch und immer höher,
Schwimme, schwimme, junges Schwänchen,
Über blaue Meere!“

So sang weinend hier das Mädchen,
Wollt vor Schmerz vergehen.
Blieb, o Wunder!, so als Pappel
Auf dem Felde stehen.

Durch die Wälder, über Felder
Macht der Wind die Runde, 61
Beugt am Wege eine Pappel
Nieder bis zum Grunde.

St. Petersburg, 1839

Iwan Pidkowa

I

62 BRÜLLTEN einstmals die Kanonen
In der Ukraine.
Herrschten einst die Saporosher
In der Ukraine.
Herrschten gut; und Ruhm und Freiheit
War mit ihrer Fahne.
Ach — vorbei! Es sind geblieben
Nur im Feld Kurgane:
Sind gar hoch, die alten Gräber,
Wo sie ruhn, die Toten,
Wo Kosakenknochen bleichen
Unter Tüchern, roten.
Sind gar hoch, die alten Gräber,
Schwarz wie Bergeszacken;
Flüstern linde mit dem Winde:
„Frei warn die Kosaken."
Lieder von der Väter Taten
Mit dem Winde wehen —
Und der Enkel singt sie weiter
Morgens früh beim Mähen.

Einstmals ging in der Ukraine
Selbst die Not zum Feste,
Und der Gram schenkt' Met und Branntwein
Den vergnügten Gästen.

Herrlich war's in der Ukraine.
Sing von jenen Tagen
Euch ein Lied heut, daß die Herzen
Einmal höher schlagen.

II

63

Eine Wolke deckt die Sonne,
Wo der Dnepr mündet;
Und das Meer heult wie ein Untier,
Das in Wut sich windet;
Hat ersäuft die Dneprmündung.
„Jungens, aufgestanden!
An die Boote! Laßt uns fahren!
Hört die Wellen branden!“

Wie zu Schiff die Saporosher
Dneprabwärts flogen!
„Brandet, Wellen!“ laut sie sangen
Beim Geheul der Wogen.
Ringsum Wellen hoch wie Berge;
Fort sind Erd und Himmel.
Bangt das Herz — doch die Kosaken
Lieben solch Getümmel.
Und sie fliegen, wie die Möwen,
Vom Gesang befeuert,
Aber vorne steht ihr Hetman,
Weiß, wohin er steuert;
Auf und ab im Boote geht er,
Löscht die Tabakspfeife,

Hierhin späht er, dorthin späht er,
Wo den Feind er greife;
Zwirbelt seinen schwarzen Schnurrbart,
Streicht den Schopf nach hinten.
Mütze hoch! — die Boote halten...
„Tod dem Feind! Wir finden
64 Nicht in Sinop ihn für diesmal,
Atamane! Brüder! —
Lassen uns zu Gast in Zargrad
Erst beim Sultan nieder!“
„Gut so, Ataman!“ erdröhnte
Der Kosaken Stimme.
„Dank euch.“
Auf stülpt er die Mütze.
Und mit frischem Grimme
Braust die Sturmflut. Auf dem Schiffsdeck,
Hin und wieder schreitend,
Späht der Hetman übers Meer hin
Schweigend in die Weite.

St. Petersburg, 1839

Die Haidamaken

Eine Dichtung

ALLES kommt und geht — in endlosem Kreise...
Wo schwand es im Dunklen? Wo stieg es herauf?
Nichts wissen wir, nicht der Tor, nicht der Weise.
So lebt es... so stirbt es... das eine blüht auf,
Das andre verwelkt, ist auf ewig verloren,
Verloren wie tote Blätter im Wind.
Nur der Sonne Licht wird wiedergeboren,
Und nur die Sterne werden nicht blind
Und schweifen wie ehmals... Und du, mein Blasser,
Du wandelst so ruhig, des Himmels Sohn;
Du schaust dich in Rinnlein und Brünnlein, im Wasser
Des Meeres. Wie einst über Babylon
Du schwebtest, seinen Gärten und Hainen —
So wirst du noch unsern Urenkeln scheinen,
Du ewiges Antlitz!... Von Kind an schon
Liebt ich, mit dir wie ein Bruder zu plaudern,
Zu singen, was du mir geflüstert ins Ohr.
Drum rat mir auch jetzt, wo berg ich mein Schaudern?
Ich bin keine Waise, die alles verlor:
Ich habe auch Kinder. Ins Grab sie mitnehmen?
Das wär eine Sünde: die Seele lebt fort.
Sie würde sich drüben weniger grämen,
Wenn hüben ihr läset das Kummerwort;
Die Tränen, die einst ihr vom Herzen geflossen,
Die einst sie unter Schluchzen vergossen.

Ich begrabe sie nicht, die Seele lebt fort.
Denn so wie der Himmel nicht Maß und nicht Wende,
So kennt auch die Seele nicht Anfang und Ende.
Ihr fragt mich: Wo ist sie? Ein müßiges Wort!
So laßt uns auf Erden schon ihrer gedenken.
Wie bitter wär's, ruhmlos von hinnen zu gehen.
66 Ihr Mädchen, bei euch soll sie weiterbestehn!
Sie liebte euch, machte so gern euch Geschenke,
Besang euch in Liedern, die nimmer verwehn.
Doch schlaft jetzt, bis wieder die Sonne scheint,
Ich geh euch zu suchen den Führer, den Freund.

Meine Söhne, Haidamaken!
Frei und weit die Welt ist!
Zieht hinaus und fragt das Schicksal,
Wie's um euch bestellt ist!
Meine Söhne, meine Kinder,
Jung und unerfahren,
Sagt, wer wird, wenn nicht die Mutter,
Treulich eurer warten?
Meine Söhne, meine Adler!
Fliegt in die Ukraine,
Mag auch Leid euch dort erwarten,
Ihr seid nicht alleine.
Dort gibt's manche gute Seele,
Läßt euch nicht verkommen.
Aber hier ... hier ... Hat man euch mal
Ins Haus aufgenommen,
Lacht man eurer! Hier gibt's lauter
Neunmalkluge Wichte,
Möchten gar noch, daß die Sonne

Sich nach ihnen richte.
„Sie geht auf, fängt an zu leuchten,
Ohne uns zu fragen,
Ob sie falsch, ob richtig leuchte..."
Was willst du drauf sagen?
Und gehorcht sie? Scheint doch wirklich,
Daß sie nicht so zünftig
Aufgeht, wie's die Weisen wünschen...
Ist auch sehr vernünftig.
Und was reden sie von euch erst,
Ruhmbedeckte Recken?
Gucken, mucken, und am Ende
Fliegt es in die Ecke:
„Laß sie", heißt es, „ruhig schlafen.
Bis in *unsern* Tönen
Uns der Vater der Hetmane
Singt von seinen Söhnen.
Was der Narr da uns berichtet,
Ist nicht zu genießen:
Setzt uns so einen Jarema,
Bastschuh an den Füßen,
Vor die Nase! Dieser Narr
Bekam zu wenig Prügel,
Aus den Hetmanzeiten blieben
Nur die Gräberhügel.
Und auch die Kurgane wurden
Aufgegraben wieder.
Doch er will, wir sollen anhörn
Seine Jammerlieder.
Kannst dir, Freund, die Mühe sparen;
Willst du blanke Groschen,

Willst du Ruhm, so laß dir sagen:
Sing was von Matrjoscha,
Sing von Liebchen, Grübchen, Stübchen,
Rittern, Edelfrauen.
Das bringt Ruhm! Und du singst immer:
‚Rollt das Meer, das blaue‘ —
Und dann flennst du gar und mit dir
Deine ganze Bande
Bauernlümmel! ...“ Dank, ihr Herren,
Ich hab euch verstanden!
Warm ist euer Pelz! Doch leider —
Nicht nach mir geschnitten.
Euer Ratschlag ist mit Lügen
Um und um gefüttert.
Mit Verlaub! ... Ich will nichts hören,
Schreit nur ruhig weiter.
Mach aus eurem Rat mir wenig:
Ihr seid weise Leute
Und ich nur ein Narr. Am Häuschen
Sitze ich alleine.
Sing mein Lied, und wie ein Junge
Schluchz ich oft und weine,
Sing mein Lied — fern braust das Meer,
Rings die Steppe dunkelt,
Winde wehn, um die Kurgane
Wispert ein Gemunkel.
Sing mein Lied — und plötzlich öffnen
Sich die alten Gräber,
Bis ans Meer stehn in der Steppe
Saporosherheere;
Hoch zu Roß die Atamane

Vor den Buntschuks halten.
Zwischen Schilf hin ziehn des Dneprs
Brausende Gewalten,
Brüllen zornentbrannt und stöhnen,
Singen schlimme Lieder,
Traurig hör ich zu und frag dann
Meine Alten wieder:
„Was seid ihr so traurig, Väter?“
„Grund genug zu weinen!
Böse ist auf uns der Dnepr,
Klagt um die Ukraine ...“
Und da wein auch ich: Auf einmal
Ziehn mit ihren Scharen
Auf mich zu die Atamane,
Stolz, wie einst sie waren —
Eitel Gold; zu meiner Hütte
Reiten die Erwählten,
Sitzen ab, bei mir zu rasten.
Was sie mir erzählten!
Vieles aus der Ukraine,
Manche Unternehmung,
Sitschs Erbauung, wie sie schwammen
Durch die wilde Strömung,
Wie sie sich nach weiter Seefahrt
Bei Skutari wärmten,
Wie sie, ihre Pfeifchen rauchend,
Über Polen schwärmten,
Wie sie später in der Heimat
Zum Gelage gingen,
Wie sie riefen: „Wirt, zu trinken!
Laß die Kobsa klingen.“

Der schenkt ein; das leere Gläschen
Auf den Boden splittert.
Und nun klimpert, klirrt und tanzt es —
Ganz Chortyzja zittert —,
Und im Takt des tollen Hopaks
Wirbeln schon die Glieder;
Rundum geht der volle Humpen, 71
Trocken kommt er wieder.
„Brüder, aus jetzt die Shupane!
Sturm, feg übern Acker!
Spielt die Kobsa! Wirt, zu trinken!
Unser Glück kommt wacker!“
Hand in Hüften, hüpft und schwippt es,
Hockt es auf den Hacken,
Alt und jung. „So richtig, Kinder!
Werdet Herrn, Kosaken!“
Ehrbar nur die Atamane
Wie im Rate sitzen,
Steif und würdig, doch schon sieht man,
Wie die Augen blitzen...
Plötzlich wirbeln sie dazwischen,
Stampfen durch die Schenke...
Unter Tränen muß ich lächeln,
Wenn ich daran denke.

Will mich dran ergötzen, sei’s auch unter Tränen!...
Nein, ich bin nicht einsam, wenn das um mich lebt.
In der armen Kammer, bei des Wetters Dröhnen,
Immer ziehn Kosaken, in den Traum verwebt;
Durch die arme Kammer weht des Meeres Stöhnen,
Und die Gräber trauern, und die Pappel bebt.

Hör den Hryz sie singen in verwehten Tönen,
Nein, der ist nicht einsam, der ewig so lebt!

Seht, hier ist mein Ruhm und Reichtum,
Den ich nie verschmähte!
Nochmals Dank für euren Ratschlag,
Hinterlistige Räte!
Nun genug von meinen Reden!
Eh sie mich begraben,
Ist viel Leid noch auszugießen.
Mögt euch wohl gehaben!
Nun, die Zeit wird meinen Kindern
Wohl ein Licht entzünden.
Möcht, daß sie einen Kosaken,
Einen alten, finden,
Der schon wartet, sie mit Tränen
An sein Herz zu zerren.
Nun genug von mir. Doch sag ich:
Ich bin Herr der Herren!

Und so sitze ich am Tische,
Sitze so und sinne:
Wer wird hier mein Held? Wen frag ich?
Hell wird schon der Himmel,
Sonne macht den Mond erbleichen.
Meine Haidamaken
Standen, beteten; ich sah sie
Ihre Sättel packen.
Standen um mich, kindlich-traurig,
Neigten sich: „O segne,
Segne, Vater, unsre Züge,
Daß uns Glück begegne,

Wenn wir, unsern Ruhm zu suchen,
In die Ferne reiten.“
Ja ... Die Welt ist nicht das Dörfchen,
Wer wird euch denn leiten?
Sagt mir! Einen guten Führer
Kann man sich nicht borgen.
Unerfahren seid ihr, Jungens,
Und das macht mir Sorgen!
Tüchtig seid ihr aufgewachsen,
Seid auf guter Fährte.
Geht nun in die Welt, doch dort sind
Alle heut Gelehrte.
Seid nicht bös, ich lehrte schlecht euch;
Mich hat man geschlagen,
Und nicht wenig: doch das hat ja
Auch was eingetragen!
„Tma, mna“ kann ich schon — „oksija“
Ist mir heut noch schleirig.
Und was sagt man euch? Kommt, Söhne,
Bleibt mir frisch und feurig!
Seht, hier ist ein lieber Vater
(Nicht der anverwandte),
Der gibt sicher guten Rat euch,
Weil er alles kannte;
Heimatlos und ohne Eltern
Lebt er seine Tage;
Nehmt ihn, wie er ist — sein Herz ist
Vom Kosakenschlage! ...
Was ihm einst die arme Mutter
Sang in Glück und Grämen
An der Wiege, niemals wird er

Sich des Liedchens schämen.
Niemals schämt er sich des Alten,
Der von der Ukraine,
Arm und blind am Zaune sitzend,
Lieder sang mit Weinen.
Ja, er liebt das Lied der Wahrheit,
74 Der Kosakenehre.
Ja, er liebt es! Gehn wir, Söhne,
Bei ihm in die Lehre!
Hätte einst er nicht gewonnen
Schon das Herz des Knaben,
Längst schon läg ich in der Fremde
Unterm Schnee begraben.
Hätten um mein Grab gestanden:
„So hat's kommen müssen."
Schwer ist's auf der Welt zu leiden,
Und von Schuld nichts wissen.
Schwer, doch alles geht vorüber!...
Und nun laßt uns eilen!
Ja, auch in der toten Fremde
Wird er bei euch weilen,
Lächeln wird er dann, als ob ihm
Hier sein Sohn erscheine.
Also denn: noch ein Gebet!
Und auf in die Ukraine!
Guten Tag, mein teurer Vater!
Hier im Brüderkreise
Segne meine lieben Kinder
Für die weite Reise!

St. Petersburg, 7. April 1841

Damals war der Adel Polens
Zügellos am Wirken,
Schlug sich mit den Moskowitern,
Schlug sich mit den Türken,
Schlug sich mit den Deutschen ... Damals ...
Ja, das waren Zeiten!
Damals kannt die stolze Schlachta
Nichts als Zechen, Streiten.
Spottete der eignen Könige,
Zwei nur ausgenommen:
Stephan und Johann Sobieski
War nicht beizukommen.
Doch die andern armen Teufel
Waren leicht zu biegen.
Sejme, groß und kleine, tobten,
Und die Nachbarn schwiegen,
Schauten zu, wie sich die Könige
Aus dem Staube machten,
Hörten das Gelärm des Landtags,
Das Gebrüll der Schlachta:
„Nie pozwalam! Nie pozwalam!"
Toben die Schlachtschitzen,
Legen Feuer an die Hütten,
Und die Säbel blitzen.
Die verrufne Herrschaft hätte
Lang kein End genommen,
Wäre damals Poniatowski
Nicht zum Thron gekommen.
Den Adel dacht er kleinzukriegen

Und seinen Hochmut nicht zu scheun.
Und wie die Mutter ihre Kinder,
So wollt er alles recht betreun,
Vom übermütigen „Nie pozwalam“
Wollt er das Regiment befrein.
Doch da ... ganz Polen stand in Flammen.
76 Die Herrchen wurden blaß ... Sie schrein:
„Auf Ehr, kein Henker soll dich schonen!
Du Knechtshund Moskaus, gib nur acht!“
Mit Paz' und Puławskis Schwadronen
Her ritt die ganze Adelsmacht,
An hundert Konföderationen!

Und die Herrn Konföderierten
Schwärmten durch Wolhynien,
Litauen, Moldawien, Polen
Und die Ukraine.
Unsre Freiheit? Ach, sie hatten
Ganz darauf vergessen!
Gingen gar mit reichen Schiebern,
Um das Volk zu pressen.
Mit Vernichtung, Mord und Bränden
Hausten die Verwegnen ...
Doch die Haidamaken ließen
Schon die Säbel segnen.

Hamalia

„Oi, kein Wind, kein Wind weht aus der Ukraine,
Keine Wellen rauschen.
Was sie dort beraten, welche Kriegestaten —
Vergebens wir lauschen!
Oi, peitsche, peitsch das Meer! Laß die blauen Wellen
Aus Kosakenlanden,
Trockne unsre Tränen! Sing, daß leiser tönen
Unsre Kettenbande!
Oi, peitsche, peitsch das Meer! Laß die blauen Wellen
Die Kosakenboote jagen,
Daß im Flug die Mützen unsrer Brüder blitzen!
Daß sie uns nach Hause tragen!
Oi, mein Gott! Auch wenn wir heimwärts nicht gelangen,
Werden wir hier in der Ferne
Hörn von ihrem Ruhm dann, von Kosakenehre!
Hören es und sterben gerne.“

So sangen in Skutari einst die Kosaken.
Und während sie sangen, rann über die Wangen
Der Männer die Träne; und Leid beugt' die Nacken.
Da zittert der Bosporus selbst: Seit er lebt,
Sah nie er Kosaken, die weinten! Der Breite
Stöhnt auf, und sein Stierfell, sein graues, erbebt.
Er hebt seine Rippen, daß Wellen ins Weite,
Ins Weite mit brüllendem Schaum sich ergießen.

Und jede der Wellen die Leidbotschaft kündet
Bis tief in die Bucht, wo der Dneprstrom mündet,
Der Alte, der Riese, mit mächtigem Fließen.
Wie brüllte der grimmige Alte hinaus!
Wie troff da der Bart ihm, der schaumig gekrauste:
„He, Brüderchen Wiesenland — hurtig! Steh auf!
78 He, Chortyzja, Schwester."
Die Antwort erbrauste:
„Wir haben's vernommen — wir kommen, wir kommen!"
Und schwarz ward der Dnepr von Booten.
Wild klangen die Sänge und drohten:

„Hei, beim Türken, dort am Ufer,
Stolz ragt der Palast.
Windsbraut, he, du Lotse —
Singe, brülle, tose:
Fahren heut zu Gast!

Hei, beim Türken gibt's im Beutel
Taler mancherlei.
Pfeift darauf, ihr Brüder!
Mordet, sengt, schlagt nieder:
Macht die Brüder frei!

Hei, beim Türkenpascha gibt's ein
Janitscharenheer.
Ho, ihr Feinde — schaudert!
Kein Kosak, der zaudert:
's geht um Ruhm und Ehr!"

So singen sie. So schwimmen sie.
Das Meer im Sturmwind braust.
Es führt sie Hamalia an,
Er lenkt das Schiff, die Faust
Am Steuerbaum. Es hat die See
Sich nachtschwarz überzogen.
Was kümmert's ihn, daß bergehoch
Sich türmen rings die Wogen!

Süß träumend im Harem ruht schlafend Byzanz.
Und Skutari schläft. Doch der Bosporus wacht;
Er wirbelt, er heult, und er brüllt toll im Tanz:
Möcht scheuchen den Schlummer, möcht scheuchen die Nacht.
„Still, Bosporus! Weh dir, weh, weckst du das Land —
Ersäuf ich im Schlamm dich", so drohte das Meer,
„Begrab deine Rippen, die weißen, im Sand!
Du weißt wohl nicht, Alter: von weit bring ich her
Dem Sultan viel Gäste. Drum glätte die Fluten!"
(Das Meer liebt die Slawen, die bärtigen Braven.)
Der Bosporus ruhte. Die Türken, sie ruhten:
Der Sultan im Harem, die Krieger, die Sklaven.
In Skutari aber in Kellern und Ketten
Ruht keiner der armen Kosaken. Sie flehten
Zum Himmel und baten: Gott möge sie retten.
Fort trugen ihr Flehen die Wellen, die steten.

„O Gott der Ukraine, höre!
Nimm du von uns die Schmach, die schwere,
Und laß zerschellen unsre Bande!
Oh, Schande hier — oh, droben Schande:

Aus fremdem Sarg und bar der Ehre
Zu treten vor dein Angesicht,
In Ketten schwer vor dein Gericht —
In Ketten unter Brüdern sein!
Bewahr uns Gott...“
„Packt zu! Schlagt drein!
Spießt auf die Heiden! Drauf! Hurra!“
Klingt's um die Mauern. — „Halt! Wer da?“
Hamalia — kein Besinnen!
Skutari — dein Ende!
„Mordet! Sengt!“ Hoch auf den Zinnen
Wirft er Feuerbrände.

Kanonen brüllen von den Wällen.
Doch lauter brüllt der Feinde Stimme,
Da die Kosaken, wild im Grimme,
Der Janitscharen Macht zerspellen.
Durch die Stadt geht Hamalia
Wie durch Höllenflammen;
Stürzt die dicken Kerkermauern
Selbst zu Schutt zusammen!
„Fliegt ins Freie, graue Vögel:
Auf den Marktplatz, Brüder!“
Hei, wie stoben da die Falken,
Da sie endlich wieder
So ein Christenwort vernommen!
Und die Nacht erbebte.
Mutter, alte, du sahst nimmer,
Was dein Sohn erlebte:
Nein, erschrick nicht — sollst bewundern,
Wie Kosaken feiern!

№ 12
„Тополь"
Рисунок Шевченко

Wie an trüben Wochentagen
Liegt der Himmel bleiern. —
Wozu solln die mut'gen Krieger
Speck nur, still betreten,
Ohne Schaschlyk essen? „Licht her!"
Und den Himmel rötend,
Flammt Skutari samt den Schiffen
Knisternd auf wie Zunder.
Hei — riß da Byzanz die Augen
Auf ob solchem Wunder!
Kommt zu Hilfe angeschwommen.
Nun, wohlan — soll's kommen.
Byzanz stöhnt auf in bleicher Wut.
Doch wie es nach dem Ufer greift
Und es erreicht, steht auf und keift —
Da wird erstickt sein Schrei in Blut.
In Skutari die Hölle pfeift:
Hei, Brand und Blut! In Gassen fließt es,
Auf Plätzen, selbst das Wasser streift
Sich rot im Bosporus. Zum Falken
Wird jeder der Kosaken: schweift
Umher und stößt, wen's trifft, zusammen.
Den Kühnen sengen nicht die Flammen;
Ihn trifft kein stürzend Mauerstück.
Zu Boot geht's froh mit vollen Mützen,
Drin lustig Gold und Silber blitzen
Im Feuerschein. Man kehrt zurück;
Die Jungen sammeln sich. Vorm Scheiden
Steckt jeder sich sein Pfeifchen an
Am Brand ringsum. Die Kiele schneiden
Sich in die roten Fluten dann.

So, als käm man vom Spazieren,
Geht nach Haus die Fahrt.
Und die Jungen singen recht nach
Saporosher Art:

„Unser Hauptmann Hamalia —
Tapfer ist er, kühn. 83
Sammelte die Jungen alle,
Übers Meer zu ziehn.
Übers Meer zu ziehn,
Dort sollt Ruhm erblühn.
Aus den Türkenkerkern riefen
Unsre Brüder ihn.
Hei — stürmt Hamalia wild nach
Skutari im Flug,
Eh den Saporoshern dort ihr
Letztes Stündlein schlug!
Hei — wie rief Held Hamalia:
‚Brüder, wollen leben!
Wollen leben, Becher heben,
Feinden Prügel geben
Und in Teppiche und Seiden
Unsre Dörfer kleiden!‘
Eilten froh die Saporosher
Das Getreide schneiden.
Ringsum Klingen, Sichelschwingen;
Und ein Lied sie singen:
‚Ehr und Ruhm dir, Hamalia,
Auf der ganzen Erde,
Auf der ganzen Erde
Und in der Ukraine!

Ließest deine Saporosher
In der Fremde nicht alleine!‘ “

So haben sie zur Fahrt gesungen.
Held Hamalia folgt dem Zug:
Ein Adler, schützt er seine Jungen.

Und von den Dardanellen schlug
Der Wind herüber. Doch kein Bug
Folgt von Byzanz, das nie vergaß,
Wie Galata der Mönch einst sengte
Und wie Pidkowa einst bedrängte
Die Stadt und kühn die Kräfte maß!
So segeln sie dem Licht entgegen;
Die Sonne rötet schon die Wellen,
Die sanft sich unter ihnen regen,
Leicht brodelnd auf und nieder schwellen.

Hamalia... unser Meer dort...
Hell liegt's übersonnt...!
Und die Sieger — sie verschwanden
Fern am Horizont.

Oktober — erste Novemberhälfte 1842

Die Totenfeier

Der Fürstin Warwara Nikolajewna Repnina
zur Erinnerung an den 9. November 1843

Zueignung

Es bilden Leid, Geduld und Liebe
Der schönen Seele Harmonie,
Aus Tränen nähren sich die Triebe
Der Götterblume Phantasie.
Sie werden dieses Wort verstehen!...
Für Sie warf ich noch einmal ab
Des Alltags Fesseln unbesehen,
Griff wieder nach dem Zauberstab
Und goß in Töne meine Tränen.
Ihr guter Engel stieg herab
Und leitete mit sanften Worten
Mich zu des Paradieses Pforten.
Er war es, der mir Flügel gab.

Jagotin, 11. November 1843

Und machet keusch eure Seelen im Gehorsam der Wahrheit durch den Geist, zu ungefärbter Bruderliebe, und habt euch untereinander brünstig lieb aus reinem Herzen, als die da wiederum geboren sind, nicht aus vergänglichem, sondern aus unvergänglichem Samen, nämlich aus dem lebendigen Wort Gottes, das da ewiglich bleibet. Denn alles Fleisch ist wie Gras und alle Herrlichkeit der Menschen wie des Grases Blume. Das Gras ist verdorret und die Blume abgefallen, aber des Herrn Wort bleibet in Ewigkeit. Das ist aber das Wort, welches unter euch verkündiget ist.

1. Epistel St. Petri 1, 22—25.

ZWÖLF Stühle umgeben den runden Tisch,
Zwölf hohe Pokale stehn wartend da;
Es rinnen die Stunden,
Doch leer bleibt die Runde;
Sagt, haben die Freunde
Vergessen das Mahl?
Es ist nicht vergessen — zur richtigen Stunde
Erschienen die Freunde, der Abmachung treu,
Sie sangen ein Requiem in trauriger Runde
Und nahmen das Mahl — und trennten sich scheu.
Zwölf waren an Zahl sie und jung noch an Tagen,
Schön alle und stark; im vergangenen Jahr
Ward ihr Freund, der beste, zu Grabe getragen;
Und um bis zum Wiedersehn nicht zu verzagen,
Beschloß sich alljährlich zu treffen die Schar.
O glücklicher Bund! In heiliger Liebe
Vereint auf der sündigen Erde ihr gingt.
Kommt wieder, ihr Freunde, wie heut ihr getan,
Kommt oft noch, und immer von neuem singt
Das Lied von der Freiheit im Sklavengetriebe! —

Gesegnet sei dein kurzer Pfad,
Du Kömmling, arm und unbesungen!

Mit Gottes Kraft ist's dir gelungen,
Ins Menschenherz die Himmelssaat
Feuriger Liebe auszustreuen.
Heil dir! Dein Leben hat von neuem
Den Willen Gottes kundgemacht,
Hat in der ird'schen Sklaven Reihen
Der Freiheit frohes Licht gebracht. 87
Wo Bruder sonst mit Bruder streitet,
Hast du auf Brüderschaft gebaut,
Der Nächstenliebe anvertraut
Die Freiheit, hast den Weg bereitet,
Der alle Welt zum Frieden führt,
Und hast im Fortgehn angeschürt
Den freien Geist, den Liebe leitet.
Warum warst du so kurz zu Gast,
Du Auserwählter, hier auf Erden?
Du littst an unsrer Welt Beschwerden,
Doch liebtest du des Lebens Last.
Dein reines Auge sah mit Bangen
Die Menschen an und ihren Wahn,
Dann bist als Engel du gegangen
Zum Herrn, dem alles untertan.
Nun stehst im Himmel du zur Rechten
Von Gottes Thron und schickst den Blick
Zu unsrer Welt und ihren Knechten
Sehnend und unschuldsvoll zurück.
In Ehrfurcht bin ich dir ergeben.
Ich knie vor dir, von Sehnsucht müd,
Wie man vor einem Engel kniet.
Bewunderung läßt still mich beben.
Schick, gib mir Nahrung, die mich heile,

Gieß, hauch dem kalten Herzen mein
Ein wenig Helle, Wärme ein,
Ein wenig bring, für eine Weile,
Licht in des Geistes dunklen Schacht,
Erhell, beschwichtige, zerteile
Der störrischen Gedanken Nacht!
Wahrhaftig und mit leisen Worten
Erzähl mir alles, dein Geschick
Auf Erden hier, dein Leid, dein Glück.
Lehr mich die stolzverschloßnen Pforten
Der Menschenherzen öffnen doch,
So welk und bös mein eignes noch!
Vertrau mir die geheime Lehre:
Wie wird der bösen Welt man gut?
Wie kann mit kurzem Wort man wehren
Vom armen Volk der Henker Wut?
Propheten gleich will dann ich sprechen:
Die Wahrheit kehrt zu uns zurück!
Will mutig, wenn die Augen brechen,
Zum Himmel richten meinen Blick.
In meiner letzten Stunde sende
Mir Freunde, treu und ohne Hehl,
Aus guten Freundesaugen spende
Mir dann der Liebe sanftes Öl!
Dann will ich meine Leiden segnen,
Will froh dem Tod ins Auge sehn
Und gern ins ew'ge Leben gehn,
Um dir im Himmel zu begegnen.

Gesegnet sei dein kurzer Pfad,
Du Kömmling, still, doch unbezwungen!

Bei armen Eltern wuchs der Junge
Heran. Ins harte Leben trat
Er ein bald als verlaßne Waise,
Verdiente sich mit Kümmernis
Sein Brot. Des Elends Schlangenbiß
Verwundete das Herz ihm. Leise
Entflog, auf Taubenflügeln weich, 91
Der Kindheit Traum. Dem Diebe gleich
Stahl sich ins leere Herz das Sehnen,
Sog sich mit gier'gen Lippen fest
Und trank das Blut ihm aus den Venen.
Die Seele schrie, von Angst gepreßt,
Und bat um Freiheit. Hell entbrannte
Der Geist, und seinen Stolz erkannte
Das Blut, bald heiß, bald kalt wie Eis.
Zur Faust ballt sich die Hand. Wer weiß —
Könnt er mit zorngeladnen Händen
Erfassen diesen Erdenkreis
Und alle, die die Erde schänden,
Zermalmen und zur Hölle senden:
Er würde glücklich, würde froh!
Er lachte, wie ein Dämon roh,
Ein langes, schreckliches Verdammen.
Die Welt stand um ihn her in Flammen!
Stöhnend, mit wilder Traumgebärde,
Rang so sein Herz — und wurde stumm,
Die Seele siechte. Doch ringsum
Lag lachend Gottes Werk, die Erde,
Im grüngewirkten Blumenkleid,
Bereit, den Frühling zu empfangen.
Da richtete sich voll Verlangen

Die Seele auf. Erwacht vom Leid,
Fiel weinend er zur Erde nieder
Und küßt sie wie der Mutter Hand.
Er war der reine Engel wieder
Und allem Ird'schen abgewandt.
Zum Himmel sah er auf: „Wie prächtig,
Wie friedevoll und wonneträchtig!
Oh, welche Wunder warten mein!"
In holdem Halbschlaf blickten rein
Die Augen auf zum Himmelsbogen,
Als sei in seinem blauen Schein
Die keusche Seele schon entflogen.

Hoch oben, in der sel'gen Weite,
Flog, wie ein Tüchlein weiß gebreitet,
Ein Wölkchen einsam in die Ferne.
„Du Wölkchen, Wölkchen! Sag, wer leitet
So still, so zart dich zu den Sternen?
Was bist du? Wonach steht dein Sinn?
Wozu solch reicher, lieber Schimmer?
Wer hat entsandt dich und wohin?"
Doch still zerfloß am hellen Himmel
Das Wölkchen. Traurig nickte er
Hinab, wo dunkel schon das Feld.
„Wo ist das Ende dieser Welt?"
Und einen Seufzer schickte er
Zum Himmel, nicht nach Kinderart:
Laut schlug sein Herz, als blickte er
Ins Grab der letzten Hoffnung zart.

Wem Glaube fehlt — hat Hoffnung nicht.
Hoffnung ist Gott, doch Glaube — Licht!
„Verlösche nicht, du Hoffnungsschimmer!
Die Nebelschleier reiß entzwei,
Verleih mir neue Kräfte immer,
Daß auf dem dorn'gen Wege nimmer
Ich ohne deine Leuchte sei! 93
Leih meinem Geiste deine Helle,
Lab mich mit heil'ger Arzenei!
Sieh, wie ich, deiner Botschaft treu,
Zu deinen Dienern mich geselle!"

Er trug die Hoffnung nicht zu Grab.
Aufsteigend, gleich der Felsentaube,
Sah auf den Erdendunst sein Glaube
Aus heller Himmelshöh herab.
Er wollte suchen nun, nicht warten!
So zog er aus. Schon lag der Garten,
Das Heimatdorf schon hinter ihm.
Da wurden plötzlich feucht die Lider,
Und eine Träne tropfte nieder,
Das Herz schlug laut und ungestüm.
Wer denkt mit Schmerz nicht oft der Kindheit,
Mit Trauer seines Heimatlands?
Doch er — ein Fremdling war er ganz
So hier wie dort. Er war mit Blindheit
Geschlagen für der Erde Glanz,
Für unsres Sternes schönen Tanz.
Er bückte in den Staub sich nieder
Und küßte ihn demütig heiß
Und schluchzte und erhob sich wieder.

Ein Stoßgebet sprach er ganz leis.
Dann ging mit festen freien Schritten
Von dannen er — und war verschwunden.
Verwaist und arm, hat viel gelitten
Er unter Menschen fremder Sitten,
Geblutet oft aus tiefen Wunden.
94 Um schweren Preis hat er erstritten
Dem Geist Erkenntnis, streng und hart —
Und doch sein Kinderherz bewahrt!

Wer hohen Muts, mit offnem Herzen
Erträgt ein Leben voller Schmerzen,
Die Leidenschaft zur Neige trinkt,
Der Menschen Leben tief durchdringt,
Ihr dunkles Streben, ihren Glauben
Und Aberglauben einzusehn...
Und dennoch bleibt auf Adlers Höhn
Und reinen Herzens wie die Taube —
Der ist ein Mensch! Herumgetrieben
Von Not (das Glück flieht vor den Waisen!),
Die Menschen kennen — und doch lieben!
Stets güt'gen Herzens sich erweisen,
Mitleidig, wenn sie übel tun,
Nicht heimlich lästern, nimmer ruhn
Als Herr des Geistes. Ohne Pflege,
Des kargen Stückchens Brotes wegen
Sich beugen in der Mächt'gen Joch,
Und denken, fühlen, leben doch!
Ein Drama, heiligend, versöhnend!
Er nahm es auf sich, wenn auch stöhnend,
Und ohne Worte spielt' er's aus.

Er machte nicht, wie andre, draus
Eine moralische Geschichte.
Verschlossen blieb sein Alltagsschmerz,
Er zeigte nicht sein wundes Herz
Und seine wirren Traumgesichte.
Er sandte niemals himmelwärts
Byronschen Nebel. Wenn auch nichtig
Die Freunde waren, niemals hat
Er sie geschmäht, gerügt den Staat,
Wie N., großmäulig, doch vorsichtig!
Wer ewig, ohne Ende denkt,
Von Galilei und Kant kann plaudern,
Erzweise Erd und Himmel lenkt,
Die Menschen richtet ohne Zaudern,
Ob Vater er, ob Bruder kränkt —
Der gilt mir nichts! Was er kann geben,
Ist halb Idee, halb dummes Zeug! ...

Er sah die Zukunft, sah das Leben,
Das sich dem Urteil Gottes beugt,
Durchforschte sie mit heil'gem Streben
Und hob den Blick, still überzeugt,
Zu der Natur geheimem Weben.
„Welch schöne Eintracht!“ rief er aus.
Und sein Gedanke zog nach Haus.
Um Wahrheit und um Freiheit bat er
Für alle Wesen im Gebet.
Ehrfürcht'gen Sinnes suchte Rat er
Bei der Geschichte früh und spät,
Beim Schicksal seines Heimatlands.
Und weinte bitter. „Du geliebte,

Du heil'ge Heimat! Gibt's für dich
Denn keine Hilfe? Sieh, auch ich
Bin unfrei ja, wie du, Betrübte!
Von Gott zu den Tyrannen reden
Und seinem Willen — leerer Wahn!
Sie steinigen ja den Propheten
96 Selbst auf der Heimat grünem Plan!
Sie stürzen unsrer Vorzeit Mäler
Und schänden sie gemein und dreist,
Verwüsten, plündern deine Täler
Und heißen schweigen den Erzähler,
Der deine Heldentaten preist!
O Gott! Kein Unrecht kann bestehen
Vor deiner Kraft, die Wunder tut.
Laß strahlen deiner Himmel Glut,
Ein heil'ges Wunder laß geschehen!
Schick eines Machtworts Wetterstrahl!
Laß unsre Toten auferstehen,
Zu neuen Heldentaten gehen
Laß sie! Erlöse noch einmal
Die Erde, die so tief verletzte,
Mit so viel edlem Blut benetzte,
Die Erde, die einst glücklich war!"
    Gedanken, gleich der Wolkenschar,
    Draus Tränen regnen immerdar! ...

O selig auf Erden, wer auch nur ein wenig
Dem hungernden Bruder zu geben bereit —
Und seien's nur Brocken —, der stark wie ein König
Die Menschen vom Willen des Bösen befreit! —
Frei ist er und selig! — Doch wer nicht mit Augen

Nur sieht, wer die Ränke der Menschen auch fühlt,
Wem die Augen zum einsamen Weinen nur taugen —
O weh ihm, daß Gott das Gesicht ihm erhielt!
Was Natur auch, herrlich immer,
Beut an Augenweiden,
Ihm gibt es die Freiheit nimmer,
98 Lindert nicht sein Leiden.
In seinem kurzen Erdenleben
Sah, fühlte alles er und blieb,
Den Menschen kennend, doch in Lieb
Und stiller Sehnsucht ihm ergeben.
Auch ihm begegneten mit Liebe
Die Menschen, die er Brüder rief,
Freunde gewann er, pflanzte Triebe
Der Freundschaft in die Herzen tief.
Im Kreis der jungen Freunde schritt er
Gedankenschwer oft... um dann jäh,
Gepackt vom Banne der Idee,
Der Freunde Herzen zu erschüttern
Mit seiner mächt'gen Rede Klang.
Er pries die Freundschaft: „Kämpft als Ritter
Der Liebe euer Leben lang!
Sie kann allein", sprach er, „begründen
Der Menschheit Wohlergehn und Glück
Und edlen Mut in euch entzünden.
Sie hilft dem Volk. Sie schlägt zurück
Die Macht des Bösen! Euer Leben,
Das schön ihr habt aus Gottes Hand,
Lebt es! Doch wißt: Einst müßt ihr's geben
Als Opfer eurem Vaterland."
Er sprach von zärtlichen Gefühlen,

Sprach traurig, sprach in leisem Ton —
Und schwieg! ... Ein Sehnen, herzaufwühlend,
Erfaßte ihn. Er ging davon
Und weinte bitter. Niemand hörte
Von dem, was heimlich ihn beschwerte,
Ein Wort je. Unerforschlich schien
Sein Leid. Die Freunde liebten ihn 99
Von Herzen, brüderlich. Doch er
Ging wie zu Tod bedrückt umher
In unausdenklichen Gedanken.
Im Kreis der Freunde fiel die Schranke:
Er flammte auf. Doch unter Gästen,
Bei lichterhellen, frohen Festen,
Umwogt von Schultern, marmorblanken,
Ging heimlich seufzend er umher,
Und die Gedanken flogen schwer
Zur schönen Heimat unterdessen,
Dorthin, wo niemand an ihn denkt,
Niemand ihm, sein gedenkend, schenkt
Ein gutes Wort; wo er vergessen.
Er steht und sinnt: Was such ich hier?
Was hab zu schaffen ich mit ihnen?
Was soll ihr Spiel und Singen mir?
Was sind sie? — Vettern und Cousinen,
Einander gleich und unter sich!
Und ich? — Er schleicht sich still nach Hause
Alleine, wie allabendlich.
Doch niemand wartet sein zu Hause
Und freut sich, wenn er wiederkehrt!
Der Einsamkeit entflieht er nimmer!

Und auch der Festtag bringt ihm immer
Nur Sehnen, hundertfach vermehrt.

So welkt er und welkt, wie das Gras auf der Heide,
Von Sehnsucht verzehrt, in der Fremde dahin
Und duldet und schweigt. Welch heimliches Leiden
Zernagt ihm das Herz nur, verstört ihm den Sinn?
„O weh mir, warum hab mein Glück ich verlassen,
Die Heimat, die Unschuld? Was hab ich gesucht?
Warum mußt ich wandern? Was wollt ich erfassen? —
Erkenntnis und Wissen? O Fluch ihnen, Fluch!
Sie haben wie Würmer den Geist mir zerfressen,
Sie ließen mein Glück mich verlassen, vergessen!
Wem sag ich mein Sehnen, wem öffn' ich mein Herz,
Wer kühlt meine Wunden, wer stillt meinen Schmerz?
Hier find ich sie nimmer, die Liebste! Hier bin ich
Der Fremde, der Arme! Was kann ich euch sein?
Was helfen hier Träume! Mit Liebe gewinn ich,
Mit Liebe die Freundin, mit Liebe allein!
Wie wollt ich fürs Leben, für ewig sie lieben,
So fest sie umarmen, sie sollte vergehn!
Wie sollt sie so zärtlich, so liebend mich sehn!"
Und funkelnde Tränen tropfen, zerstieben,
Betauen die Wangen, benetzen die Brust —
Und trocknen. — „O hilf mir, Gott, hilf mir, du mußt!
Zerschlag mir den Schädel, zerfleisch mir die Flanken!
Gebt Freiheit den nagenden Schlangengedanken!
Und dann laßt mich schlafen in traumloser Lust!"

So litt er einsam und allein,
Fern von der Heimat, von der schönen,

Aufs Ende harrend voller Sehnen.
Sein liebster Traum: einst nützlich sein
Dem Vaterland, welkt wie die Blume,
Die blüht auf heimatlicher Krume.
Er litt. Und wie ein Totenschrein
Lag gähnend leer vor ihm das Leben.
Was konnten ihm die Brüder geben? 101
Auch ihre Wärme wärmte nicht!
Ihn dürstet nach der Sonne Licht,
Durch Himmelsweiten möcht er schweben.
Fänd Liebe er: von Gott gesät
Ins Taubenherze einer reinen
Und keuschen Frau, die ihn versteht,
Ihm Ruhe gäbe, wo er seinen
Von Adlerflügen müden Sinn
Mit heißer Liebe könnt vereinen;
Die er, als treuer Paladin,
Aufnähm in seinen starken Glauben,
Um sie, die schutzbedürft'ge Taube,
Dem Leid der Erde zu entziehn;
An deren Busen nicht vergebens
Sein müdes Herz vergehend schlüg;
Die ihn durch Schauer des Erlebens
Im Paradiesesschoß des Lebens
Zu nie gekannter Ruhe trüg;
Aus ihren Augen Wollust trinken,
Mit Geist und Seele untergehn,
Das Herz im Herzen schmelzen sehn,
In trunknes Selbstvergessen sinken.

Doch niemand war ihm ausersehn,
Und er fand niemand, ihn zu lieben.
Sein Herz litt weinend, in der trüben
Trostlosen Leere wie gebannt.
Und nur in ferner Zukunft fand
Ein Ziel für seinen Traum er wieder:
102 Des Himmels grenzenloses Land
Sah ewig lächelnd auf ihn nieder.
Wie Wachs an einem hellen Licht
Zerschmolz er langsam, still und schweigend.
Auf sein nachdenkliches Gesicht
Fiel's wie ein Nebel. Schamhaft neigend
Den Blick, sah manches schöne Kind
Ihn schwärmend an, im Herzen bebend,
Ahnungsvoll zart, wie Frauen sind,
Geheime Sympathie erlebend.
Mag sein, daß seinem Leid im stillen
Manch Mädchenherz entgegenschlug,
Doch höhrer Mächte strenger Wille
Hieß einsam ihn sein Los erfüllen,
Den Weg gehn, der zum Grab ihn trug.
Er siechte. Wie im Fieber glänzte
Sein Aug. Schon malte hinterm Kreuz
Sich schwarz der Ewigkeiten Grenze
Im leeren Raum des ew'gen Leids.
Nun liegt er auf dem letzten Linnen
Still ausgestreckt — es löscht das Licht.
Der Freunde Rat, jetzt hilft er nicht,
Er stört des matten Geistes Sinnen.
Es wachten seine treuen Freunde
Reihum am Lager seiner Pein,

Und seine liebliche Gemeinde
Fand jeden Abend still sich ein.
Der letzte Abend fand sie wieder
Versammelt um sein Sterbebett.
Sie saßen, bis der Hahn gekräht.
Schon schließt das Morgenrot die Lider
Und macht die Freunde schlafbereit — 103
Da weckt er sie aus Schlaf und Leid:
Noch einmal hebt sich seine Stimme,
Wie einst sie klang, mit Feuermacht.
Den Freunden blinkt ein Hoffnungsschimmer:
In sieben Tagen oder acht
Ist er gesund und singt und lacht!
„Ich sing euch keine neuen Sänge,
Ich preis nicht mehr mein Vaterland!
Stimmt eines Psalmes düstre Klänge
Gegen des Volkes Henker an!
Ein freies Lied sollt ihr anheben
Dem Künder, der jetzt von euch geht.
Für seine Sünden ... Sünden fleht
Zu Gott, daß er sie ihm vergebe! ...
Singt: ‚Friede seiner Asche sei!'
Und denket eures Freunds dabei!"

Die Freunde standen rings im Kreise.
Er ging dahin, sie schluchzten leise
Wie Kinder, flüsterten Gebete ...
Er seufzt — und ist für immer stumm!
Die Welt verlor einen Propheten,
Und einen Sohn verlor der Ruhm!

Tags drauf trugen den Eichensarg
Die Freunde traurig zur Kapelle.
Sie senkten schluchzend, was er barg,
Ins Grab und legten auf die Stelle,
Wo er begraben lag, ein Reis
Aus jungen grünen Lorbeersprossen,
104 Mit Freundestränen reich begossen.
Ein „Friede seiner Asche sei“
Sangen sie leise und verschlossen.

Gen Abend, da fanden zu stillem Verein
Am runden, am Brudertisch alle sich ein.
Still saßen und traurig die zwölfe selbander,
Es klagten die Herzen ihre Schmerzen einander.
Ein Leichenmahl düster und düster die Schar! ...
Auf solch einer Feier auch ich einmal war!

Und jedes Jahr dies Mahl zu halten,
Am gleichen Tag, am runden Tisch,
Beschlossen sie, um immer frisch
Des Freunds Andenken zu erhalten,
Nicht in der Liebe zu erkalten.
Und lange ist's auch so geschehn.

Doch bald war mancher nicht zu sehn.
Es wuchs die Zahl der leeren Stühle.
Der Freunde waren nicht mehr viele —
Bis ganz allein, jahraus, jahrein,
Ein stiller Greis nur zum Verein
Der leeren Stühle kam gefahren;
Da sitzt er, blickt betrübt darein

Und denkt an ferne Jugendjahre,
An Freud und Leid. So sitzt er still
Und wartet: Ob der Brüder einer
Nicht doch noch lebt und kommen will? —
Dann geht er schweigend und alleine
Den Weg nach Hause. Und sieh hier:
Da steht der Tisch bereit zum Essen.
Geräuschlos öffnet sich die Tür:
Der Bruder, den die Zeit vergessen,
Tritt ein gebückt. Die Augen, tot,
Die leeren Stühle überfliegen.
Er murmelt freundschaftliche Rügen:
„Faulpelze! Wie sie das Gebot,
Das heil'ge, brüderliche halten!
Auch heute kam nicht einer her,
Als wären weit sie überm Meer!"
Und eine Träne wischt der Alte,
Am Tische sitzend, sich verschämt.
„Wenn einer wenigstens mal käm!"
Er sitzt, als müßt er Wache halten ...

Die Zeit verrinnt, nichts ist geschehn.
Der Alte muß nach Hause gehn.
Er läßt den Tisch. „Vergessen, Brüder!
Komm, Bruder, trink ihn aus, den Wein",
Sagt er zum Diener, „ich allein
Kann nicht ... Vergangnes kehrt nicht wieder!
Mir zum Gedächtnis! Trink ihn aus!
Für mich wird's Zeit — ich muß nach Haus!"
Und wieder rinnen Tränen nieder.
Verwundert trinkt der Diener aus.

„Gib meinen Hut mir... ach, ich mag
Gar nicht nach Haus!“ ... und geht hinaus.

Und übers Jahr am gleichen Tag
Zwölf Stühle umgeben den runden Tisch,
Zwölf hohe Pokale stehn wartend da.
Es rinnen die Stunden,
Doch leer bleibt die Runde —
Auf ewig, auf ewig vergessen sind sie.

Jagotin, 1843

Der Traum

Eine Komödie

Den Geist der Wahrheit, welchen die Welt nicht kann empfangen; denn sie siehet ihn nicht und kennet ihn nicht.
Johannis 14, 17

JEDER Mensch trägt seine Bürde,
Seinen Weg hat jeder:
Der baut auf, und der reißt nieder,
Der da sieht sich jedes
Stückchen Erde an und lauert,
Um es eines Tages
Auszuplündern und die Beute
Mit ins Grab zu tragen.
Der bemogelt den Gevatter
In der eignen Stube.
Der wetzt heimlich schon das Messer
Gegen seinen Bruder.
Dieser, still und unterwürfig,
Immer Gott im Munde,
Kommt geschlichen wie ein Kätzchen.
Deine schwache Stunde
Späht er aus und schlägt die Krallen
Dir ins Bein von hinten;
Bettel nicht! Frei kriegt dich niemand,
Weder Weib noch Kinder!

Jener, freigebig und üppig,
Stiftet Kirchen, Kerzen,
Liebt das Vaterland, das teure,
Liebt es ganz von Herzen,
Möchte dem geliebten gerne
Alles Blut aussaugen!
108 Und die braven Schäflein schweigen,
Machen große Augen:
„Sicher muß es wohl so sein,
Laß nur!“ heißt es immer.
Ja, es muß! Denn heute gibt es
Keinen Gott im Himmel!
Seht ihr, unters Joch gebückt,
Etwa Edens Schimmer?
Wartet auf ein beßres Jenseits?
Nimmer kommt es, nimmer!
Müht euch nicht! Vor Gottes Augen
Sind wir alle Sünder,
Prinzen sind wie Bauernbuben
Auch nur Adamskinder!
Der und jener... und ich selber?
Hört es, liebe Leute:
Ich verbummle, ich versaufe
Meinen Tag wie heute.
Ärgert's euch? So schimpft! Mein Pelz gibt
Deshalb keine Funken.
Schreit nur nicht! Noch niemals hab ich
Menschenblut getrunken!

So habe ich, mit schweren Schritten
Vom Kneipen kommend in der Nacht,

Am Zaun lang vor mich hin gedacht,
Bis daß ich fand zu meiner Hütte.
Kein Kinderplärren kräht mir zu,
    Keine Gardinenpredigt.
    Ich bin ja ledig.
In Herz und Hütte tiefe Ruh,
    Wie wenn Gott ich drin hätte, 109
    So ging ich zu Bette.
Und ein Saufaus, der sich schlafen legt,
Mag's donnern, blitzen um die Wette —
    Keine Wimper mehr regt.
Und ein Traum, ein Traum, ganz ungeheuer,
Ist da mir gekommen.
Einen Nüchternen selber hätt er benommen!
Ein geiz'ger Filz gäb sogar einen Dreier,
Bei solch einem Wunder dabeizusein!
    Der Teufel fahr drein!
Mir war: im hellen Mondenschein
Flog hoch über Wiesen, Äcker und Felder,
    Über dunkle Wälder,
    Über weite Steppen,
    Türme und Treppen
Eine Eule. Und hinter der Eule fliege
Ich selbst und laß drunten die Erde liegen.
    „Welt, leb wohl, leb wohl, du harte
    Undankbare Erde!
    Meinen schweren Kummer will ich
    In den Wolken bergen.
    Ukraine, arme Witwe,
    Witwe ohne Scherflein,
    Zu dir kehr ich durch die Wolken,

Will mit deinen Dörflein
Zwiesprach pflegen ganz im stillen,
Rat mir bei dir holen,
Will als Tau herniedertröpfeln
In der Nacht verstohlen,
Mit dir scherzen, mit dir trauern,
Bis die Sonne aufgeht,
Bis dein Jungvolk gegen unsre
Feinde endlich aufsteht.
Leb jetzt wohl, du arme Witwe,
Mutter, wunderbare,
Hüt die Kinder gut, es lebt ja
Noch das Recht, das wahre!"

Und wir fliegen, fliegen... Sieh nur:
Schon beginnt's zu tagen,
Und die Sonne grüßt im Hage
Nachtigallenschlagen.
Milde Winde wehen leise
Über Feld und Heide.
Zwischen Teichen, spiegelgleichen,
Grünen junge Weiden.
Gärten neigen ihre Zweige.
Reihen stolzer Pappeln
Stehn gleich Wächtern an den Wegen,
Plaudern mit dem Acker.
Die geliebte Ukraine
Läßt ihr Brautkleid prangen,
Hat mit Morgentau gewaschen
Ihre frischen Wangen.
Hat wie immer sie gewaschen,

Grüßt die junge Sonne,
Die seit ew'ger Zeit der Erde
Spendet Glanz und Wonne.
Niemand kann sie uns entreißen,
Niemand sie zerstören.
Ewig bleibt sie... Herz, mein Herze,

Laß dich nicht betören,
Armes Herz, sag an, was meinst du?
Sag mir, warum weinst du?

Sag an, was bedrückt dich? Du hast doch gesehen,
Du hast doch gehört all die Klagen, das Weh?
Ja, sieh nur, blick um dich! Doch ich sag ade,
Schwing hoch mich hinauf in den himmlischen Hafen,
Hier gibt's keine Herren, hier gibt's keine Strafen,
Kein Menschenlachen, kein Menschengestöhn.
Doch dort, wo du herkommst, sag, hast du gesehn?
Dort reißt man dem Krüppel den Rupfen vom Leibe
Und zieht ihm die Haut ab — dem Herrensohn
Draus Schuhe zu machen! Dort steckt man dem Weibe,
Das Kopfgeld nicht zahlte, die Hütte in Brand
Und führt ihren Sohn, die helfende Hand,
Den einzigen Sohn, den Ernährer, davon.
Soldaten braucht man! Am Wegesrand
Verkommt ein Kind, von Hunger gebläht —
Und die Mutter das Korn für den Herrn mäht!
Siehst du dort? O Augen, Augen!
Warum könnt ihr sehen?
Warum seid ihr nicht vertrocknet,
Ausgeweint mit Tränen?
Sieh das Mädchen: mit dem Bankert

Schleicht es durch die Gassen,
Aus dem Elternhaus verstoßen,
Elend und verlassen;
Selbst der Bettler läßt sie stehen,
Und der Schuft, der Junker,
Sieht und hört nicht. Denn er treibt's schon
Mit der zwölften munter! 113

Will denn Gott in seinen Wolken
Unsre Not nicht schauen?
Oh, er sieht schon, und er hilft uns —
So wie jene Auen,
Jene Berge, die so viel schon
Menschenblut gesehen!
Herz, mein Herze, will dein Kummer
Denn niemals vergehen?
Trinken wir den bittern Gifttrank,
Legen im Schnee uns nieder,
Auf zu Gott fliegt der Gedanke,
Fragt um Rat ihn wieder:
Müssen lang wir unsre Ketten
Tragen noch hienieden?
So flieg denn, Gedanke, und quäl mich nicht länger,
Nimm mit dir der Leiden und Schrecknisse Schar,
Die stets dich begleitet, die um dich schon war,
Als du noch ein Kind, die oft dich mit strenger
Gewalt hat erzogen. Steig auf in den Himmel
Und streue sie aus in der Wolken Gewimmel!
Laß im wilden Feuerschein
Schwarz und rot sie lodern,
Säe gift'ge Drachenzähne

Auf der Erde Moder!
Doch solang du droben wütest,
Suche ich geschwinde,
Hier auf Erd das Paradies
Doch noch aufzufinden!
Und wieder steige ich und fliege
114 Und lasse drunten die Erde liegen.
Ungern läßt man seine Mutter
In der Hütte stehen,
Doch noch schwerer ist es, immer
Tränen nur zu sehen.

Ich fliege, fliege. Winde wehen,
Beschneite Flächen weit sich dehnen.
Rings Wälder, Sümpfe, leere Triften
Und Nebel, Nebel in den Lüften.
Kein Mensch. Noch nie, scheint's, trug die Last
Des bösen Menschen hier die Erde.
Lebt, Feinde, Freunde, wohl! Ihr werdet
Mich nicht mehr bei euch sehn als Gast.
Laßt vergnügt die Becher kreisen,
Mich seht ihr nicht wieder!
Ich leg mich zu ew'gem Schlummer
Auf ein Schneefeld nieder.
Und bevor ihr nicht gefunden
Das Land, wo seit je nicht
Blut und Tränen fließen, will ich
Ausruhn hier ein wenig,
Ausruhn ... Doch da hör ich deutlich
Drunten in der Erde

Ketten klirren. Ich geh näher:
O Menschheit, betörte,
Woher kommst du? Und was tust du?
Und was suchst du dorten
In der Tiefe? ... Ach, ich finde
Ruh an keinem Orte!
Auch im Himmel nicht. Warum nur
Nimmt mein Leid kein Ende?
Tat ich jemand etwas Böses?
Wessen harte Hände
Haben mir das Herz, die Seele
So grausam geschunden,
Die Gedanken losgebunden,
Sie gleich wilden Hunden
In die Welt gehetzt? Warum nur
Straft man mich so schwer?
Soll ich niemals wiederfinden
Frieden um mich her?
Ach, ich weiß nichts mehr!

Doch die Leere wird lebendig!
Aus der Grabesnacht unbändig
Drängen, wie zum Jüngsten Gericht,
Tote hervor zum ewigen Licht.
Doch sie sind nicht tot. Sie wollen
Nicht Gericht, nicht Gnade.
Menschen sind es, lebende, mit
Ketten schwer beladen.
Aus der Tiefe schleppen Gold sie,
Ihnen selbst zum Schaden.
Sträflinge! Warum, warum nur

Mußte das geschehen?
Das weiß Gott nur ... Doch hat er sie
Überhaupt gesehen?

Hier ein ausgepeitschter Räuber,
Ketten schleppt er ächzend;
116 Dort ein Mörder mit dem Brandmal,
Noch nach Rache lechzend
Und bereit, den Dolch zu stoßen
In die Brust des Nächsten.
Doch im gleichen Kettenschmucke,
Und wie sie gezeichnet,
Geht der Herr der Welt, der König
Der ersehnten Freiheit!
Und er jammert nicht, so sehr ihn
Auch sein Leiden härmt!
Nie erkaltet ja ein Herze,
Das die Güte wärmt!

Wo sind die Gedanken, die kühn du gehegt,
Die Knospen, die Kinder, so sorgsam gepflegt?
Wem hast du vertraut sie beim Scheiden, sag, wem?
Hast gar du im Herzen versteckt sie seitdem?
Versteck sie nicht, Bruder! Streu weit sie hinaus!
Sie keimen, sie wachsen, sie finden nach Haus!

Reicht es nicht? Noch neue Plagen?
Nein, es reicht! Denn hier ist's kalt,
Und der Frost weckt Fragen!

Ich fliege. Dunkle Schatten steigen.
Das Herz erlahmt, die Fragen schweigen.
Und drunten: strohgedeckte Hütten
Und hunderttürm'ge Städte. Mitten
In einer Stadt wird exerziert,
Im Storchenschritt herumspaziert.
Satte, saubere Soldaten, 117
Dumm gemacht, verkauft, verraten,
Exerzieren ... Weiter, weiter!
Zwischen Feld und Sumpf gebreitet
Liegt im Dämmer, wie im Grabe,
Eine Stadt. Gespenstisch wabern
Nebel um sie hin ... Ich wende
Mich zu ihr hin: Ohne Ende!
　　Ist das Türkenland,
　　Oder Schwabenland,
　　Oder ist es Rußland gar?
　　Kirchen und Paläste,
　　Herren, fett gemästete,
　　Keine Bauernhütte — sonderbar!

Abend ... Feuer ... Blitz und Donner
Schrillen in die Stille!
Ich fahr auf ... „Hurra, hurra,
Hurra!" hör ich brüllen.
„Pst! Was soll das? Kommt doch zu euch!
Was ist denn geschehen?
Warum schreit ihr?" — „Die Parade!
Hast du nicht gesehen?
Er Höchstselbst nimmt die Parade
Heute ab hier unten!"

„So? Wo ist er denn, der Hanswurst?“
„In dem Schloß dort drunten.“
Ich geh näher. Einen Landsmann
Hab ich da gefunden,
Einen mit Beamtenknöpfen.
„Wie kommst du zu uns denn?“
„Gradewegs aus der Ukraine.“
„Kennst du denn die Sprache,
Die man hier spricht?“ — „Ei, das ist doch
Keine große Sache;
Doch ich will nicht!“ — „So ein Dickkopf!
Ich kenn alle Wege
Hier im Haus. Ich steh im Dienst hier.
Wenn dir dran gelegen,
Bring ich dich ins Schloß. Nur denk dran,
Wir sind feine Leute!
Mach deshalb ein Trinkgeld locker!“
„Marsch, und such das Weite,
Tintenseele!“ Und unsichtbar
Werd ich plötzlich wieder.
Ungesehen komm ins Schloß ich.
Herr, du meine Güte!
's Paradies! Die Tellerlecker
Sind mit Gold behangen!
Und Er selber: lang und düster
Kommt Er angegangen.
Arm in Arm mit ihm die Zarin,
Blaß und fadenscheinig,
Eingeschrumpft wie eine Morchel,
Dürr und spinnenbeinig.
Dazu wackelt mit dem Kopfe

Hin und her die Arme.
Das ist also eure Göttin?
Daß sich Gott erbarme!
Dummkopf, daß ich unbesehen,
Ohne nachzudenken
Euren dickgeschnäuzten Schranzen
Konnte Glauben schenken! 119
Dummkopf! Recht geschieht dir! Glaubtest,
Was Beamte schreiben!
Lies noch mal! Du kannst ja ruhig
Auch ein Dummkopf bleiben!
Um die Götter — hohe Herrschaft,
Ganz in Samt und Seide,
Dicke Schnauzen, fette Bäuche,
Vollgefreßne Schweine!
Schwitzend drängen sie sich näher,
Fallen fast vornüber,
Höchstdemselben nah zu stehen,
Einen Nasenstüber
Abzukriegen! Einen kleinen,
Einen halben, aber einen
Mitten in die Fresse!
Schweigend stehn sie in der Reihe —
Hat Er sie vergessen?
Da: der Zar fängt an zu plappern,
Und die holde Zarin
Hopst und tänzelt durch die Reihen
Wie der Storch im Garten.
Auf und nieder gehen beide,
Aufgeblasne Eulen!
Sprechen leise miteinander,

Und man hört bisweilen
Worte: „Vaterland“ und „Knopfloch“,
„Griffekloppen“, „Glieder“.
Und dann setzt die Zarin schweigend
Sich aufs Sofa nieder.
Zu dem Ältesten im Range

Seh den Zarn ich gehen:
Haut ihm eine auf die Schnauze,
Hast du nicht gesehen!
Der beleckt sich. Dem Rangnächsten
Gibt den Puff er weiter,
Daß es knallt. Und der, nicht müßig,
Knufft den nächsten heiter
In die Rippen. Der — den nächsten.
Und der nächste schnelle
Schlägt den Kleinern. Und das Kleinzeug
Drängt sich zu der Schwelle,
Stürzt geschwind sich auf die Straße,
Um dort durchzubleuen
Alle, die noch nicht verprügelt.
Das gibt ein Geschreie,
Ein Gejohle, ein Gebrülle:
„Amüsier dich, Vater Zar!
Hurra, Hurra, Hurra-a-a-a!“
Lachen muß ich! Doch mir langt es,
Denn mich selber trafen
Ein’ge Püffe. Gegen Morgen
Ging dann alles schlafen.
Nur paar Biedermänner blieben
In den Ecken lehnen,
Ihrem Väterchen, dem Zaren,

Dankten sie mit Stöhnen.
Lach ich, wein ich? Ich beseh mir
Wohl die Stadt am besten.
Taghell ist die Nacht. Ich sehe:
Paläste, Paläste
Stehen längs des stillen Flusses.
Mit granitnen Platten 123
Sind die Ufer eingefaßt, als
Wären's Kasematten.
Wie entstand wohl dieses Wunder
Aus so einer Pfütze?
Sicher mußten viele Menschen
Hier ihr Blut verspritzen —
Ohne Stich und Hieb! Dort drüben
Starren Festungsmauern ...
Und der Turm — wie eine Ahle!
Mich erfaßt das Grauen!
Horch, ein Glockenspiel! Ich geh schon!
Über mir am Ufer
Fliegt ein Pferd. In einen Felsen
Schlägt es seine Hufe.
Drauf sitzt, sattellos, ein Jemand,
Halb mit Rock, halb ohne,
Barhaupt; statt des Hutes trägt er
Eine Blätterkrone.
Halt! Das Pferd ist wild geworden!
He! Jetzt springt's! Gleich fällt er!
Doch der streckt die Hand nach vorne.
Will die ganze Welt er
An sich reißen? Ist das etwa ...?
Doch ich frag nicht weiter,

Les die Inschrift auf dem Felsen:
Dem Ersten — die Zweite.
Sie hat ihm das hingestellt hier,
Ja, das will ich meinen!
Dieser *Erste* hat gekreuzigt
Unsre Ukraine!
124 Und die *Zweite* hat die Ärmste
Vollends dann geschunden!
Henker, Henker, Menschenfresser!
Ihr habt euch gefunden!
Räuber ihr! Und wieviel habt ihr
Mit ins Grab genommen?
Furchtbar ist's! Doch eine Lehre
Hab ich mitbekommen:
Die Geschichte der Ukraine!
So steh ich und sinne...
Doch da hör ich leise, leise
Eine Stimme klingen
Und unsichtbar singen:

„Aus Gluchiw, aus der schönen Stadt,
Zogen mit dem Spaten
Nach Norden hin, zur Hauptstadt hin
Viele Hunderte Soldaten.
Mit den Kosaken zog auch ich,
Ihr Hetman, angestammter.
O barmherz'ger Gott im Himmel!
O du Zar, verdammter!
Menschenschinder, hinterlist'ger,
Scheusal ausgekochtes!
Wohin tatst du die Kosaken?

Ihre edlen Knochen
Hast du in den Sumpf geworfen
Und auf ihren jungen
Leichen aufgebaut die Hauptstadt!
Ließt auch mich verhungern
In der dunklen Kasematte,
Mich, den freien Hetman!
Zar, o Zar! Auf immer schmieden
Deine schweren Ketten
Mich an dich! An dich gekettet
Muß ich ewig leben.
Gott selbst kann uns nicht mehr trennen!
Traurig muß ich schweben
Um die Newa. Ukraine,
Gibt's dich noch dort drunten?
Gerne flög ich, dich zu sehen,
Doch ich bin gebunden!
Ist verbrannt mein Heimatland?
Hat man gar den Dnepr
Ausgeschöpft ins blaue Meer?
Unsre Heldengräber
Ausgeplündert? Hab Erbarmen,
Gott, und hilf uns Armen!"

Still wird's wieder. Und ich sehe:
Weiße Wolken huschen
Übern Himmel, und es schreit drin
Wie das Wild im Busche.
Doch nicht Wolken sind es: Vögel
Breiten ihre Schwingen,
Setzen sich zum Bronzezaren,

Fangen an zu singen:
„Auch wir sind an dich gekettet,
Menschenfresser, Drache!
Werden einst am Jüngsten Tage
Gott unsichtbar machen
Für dein unersättlich Auge!
126 Aus der Ukraine
Hast du nackt und bloß gejagt uns
In die Fremde, weinend,
Und ermordet! Purpurriemen
Schnittst aus unsrer Haut du
Für dein Kleid! Mit unsren Knochen
Hast aufs neu erbaut du
Deine Hauptstadt! Laß nur sehen:
Kirchen, Brücken, Schlösser!
Freu dich nur und schwing das Messer,
Schinder, Menschenfresser!"

Und fort sind sie, weggeflogen!
Langsam steigt die Sonne.
Ich erschaure und blick um mich,
Bin noch ganz versonnen.
Doch die Stadt erwacht. Das Volk läuft
Schon zur Arbeit wieder.
Auf den Plätzen gehn Soldaten
Stapfend auf und nieder.
Mädchen mit verschlafnen Augen
Eilen durch die Straßen,
Nicht zur Arbeit — nein, nach Hause:
Nächtens auf den Gassen
Muß die Mutter sie ein schmutz'ges

Geld verdienen lassen!
Und ich steh geduckt, bekümmert,
Hör's im Ohr mir klingen:
Täglich Brot! Wie sauer muß dich
Doch der Mensch erringen!
Und da gehn auch schon die Schreiber
Zum Senat hinüber, 127
Akten schmieren, Akten stempeln,
Fettgeschmierte Schieber!
Unter ihnen mancher Landsmann
Tut sich wichtig machen,
Raspelt Russisch und empfängt mit
Schimpfen und mit Lachen
Seine Brüder, die beizeiten
Nicht gelernt — die Bauern! —
Deutsch zu schnattern und dafür jetzt
In der Tinte sauern.
Leuteschinder! Euer Vater
Hat vielleicht dem Herrn
Seine Kuh verkauft, damit ihr
Konntet Russisch lernen!
Ukraine, Ukraine!
Hier kannst du sie finden,
Deine Sprossen, deine Kinder,
Begossen mit Tinte
Und mit Zarendreck gedüngt
In dem deutschen Mistbeet.
Weine, weine, Ukraine,
Kinderlose Witwe!

Geh noch einmal ich hinüber
In das Schloß zum Zaren.
Was dort los ist? Reihenweise
Stehen aufgefahren
Dicke Herren. Schnieben, schnaufen
Und sind aufgeblasen
128 Wie die Puter. Nach der Türe
Strecken sie die Nasen.
Und nun geht sie auf. Heraus kriecht
Wie aus einer Höhle
Meister Petz. Kaum schleppt er noch sein
Klappriges Gestelle
Mit dem blau gedunsnen Kopf drauf.
Katzenjammer zwickt ihn.
Plötzlich stürzt er mit Gebrumm
Auf den Allerdicksten.
Da versinken alle Dicken,
Sind wie weggeblasen!
Doch er glotzt und rollt die Augen.
Zitternd wie die Hasen
Steht der Rest. Und wieder brüllt er:
In die Erde sinken
Die Rangnächsten. Auch die Kleinern,
Angebrüllt, versinken.
Weiter geht's. Er brüllt: Verschwunden
Ist auch das Gesinde.
Die Soldaten faucht er an: Sie
Schwanken, wie im Winde,
Und versinken. Solche Wunder
Können noch geschehen!
Ich betrachte mir mein Bärchen,

Wohin wird es gehen?
Und was tun? Es steht verdrießlich,
Wackelt mit den Ohren
Schläfrig. Hat es seinen ganzen
Bärenmut verloren?
Wie ein Katzenjunges — komisch!
Ich muß plötzlich lachen.
Doch er hört es, grunzt mich an und —
Da tät ich erwachen,
Ganz erschrocken!

Solchen Schnickschnack
Träumt ich! 's ist zum Lachen!
Trottel nur und Trunkenbolde
Träumen solche Sachen!
Schimpft mich nicht! Denn nicht Erlebtes,
Brüder, liebe Leute,
Hab erzählt ich, sondern nur,
Was mir träumte heute!

St. Petersburg, 8. Juli 1844

An Gogol

SCHWARM auf Schwarm entfliegen meine Lieder; 131
Eins zerreißt mein Herz, das andre drückt es nieder,
Leis beginnt ein drittes Tränen zu vergießen
Tief im Herzen, wo Gott selbst sie nicht hört fließen.

Wer wird meine Lieder grüßen,
Wem kann ich sie zeigen,
Wer errät den Sinn der Worte?
Alle, alle schweigen.
Sind ja taub, gebeugt in Ketten,
Leben nur zum Scheine...
Ja, mein großer Freund und Bruder,
Du lachst, doch ich weine.
Aber was erwächst dem Weinen?
Dürres Gras, nichts Grünes...
Keine Freiheitssalven donnern
In der Ukraine.
Keinen Sohn erschlägt ein Vater
Mehr mit eigner Hand
Für die Ehre, für die Freiheit,
Fürs Ukrainerland.
Nein, er zieht sie auf, verkauft sie
Stückweis dann dem Zaren.
Sieh, das ist der Witwe Scherflein,

Damit muß sie zahlen
An den Zaren und die Fremden,
Die sich ihm vereinen.
Laß sie, Bruder. — Doch wir werden
Lachen, werden weinen.

 St. Petersburg, 30. Dezember 1844

Der Ketzer

Šafárik gewidmet

AN die neue Nachbarhütte 133
Legten böse Leute
Feuer, wärmten sich am Brande,
Sanken dann zur Seite;
Und im Schlaf vergaßen sie,
Die Asche zu verstreuen.
Schwelend liegt sie nun am Kreuzweg,
Heckt den Brand, den neuen —
Heckt den Funken großen Feuers,
Glimmt und schwelt im Grunde,
Harrt der Fachung, wie der Rächer
Harrt auf seine Stunde,
Seine böse. Und der Funke
Schwelte noch verhalten,
Wartete am breiten Kreuzweg,
War schon am Erkalten.

So brannten Deutsche einst die Hütte
Der Slawen ab, ihr großes Haus,
Zerrissen Sippe, Bund und Sitte
Und senkten tückisch in ihre Mitte
Die Schlangenbrut, der Zwietracht Graus.

Da verlöschten jenes Feuer
Ströme frischen Blutes.

Deutsche wurden Herrn der Brandstatt
Und des Waisengutes.
Die versklavten Slawenkinder
Wuchsen auf in Ketten
Und vergaßen, daß auf Erden
Sie ein Plätzchen hätten.
134 Brüderschaft glomm noch als Funke
Auf der Brandstatt: harrte
Bangend auf Erlöserhände,
Hände, kühne, harte,
Bis sie kamen... Du gewahrtest
Gluten, die noch taugen,
In der Asche. Kühnen Herzens
Und mit Adleraugen
Hast entzündet du die Fackel:
Freiheit, Recht den Sklaven!
Und du zähltest die Familie
Der enterbten Slawen —
Alle finster und in Fesseln,
Ach, du zähltest Leichen
Und nicht Slawen. Tratst auf Hügel —
Gräber ohnegleichen!
Standest dort wie einst Hesekiel
Über Weg und Landen.
Und, o Wunder, alle Toten
Sind dann auferstanden.
Sie umarmen sich als Brüder,
Frei von ihren Banden,
Sprechen Worte stiller Liebe —
Daß sie ewig währe!

Einig ziehn die Slawenströme
Hin zum einen Meere!

Sei gepriesen, Tscheche, Slawe,
Für die weise Kunde!
Sei bedankt! Im deutschen Abgrund
Ging so nicht zugrunde
Unsre Wahrheit. Und dein Meer ist
Neu und aller Slawen!
Darum füllt es hoch die Ufer,
Hebt das Boot im Hafen,
Und auf Flügeln breiter Segel
Und mit starkem Buge
Schwimmt es auf dem freien Meere
Mit dem Wogenzuge.
Ewig sei dir Ruhm, Šafárik,
Mut und Stolz der Böhmen!
Du befahlst, in eins zu fließen,
Allen Slawenströmen!

Neig dich meinem schlichten Liede,
Du in deinem Ruhme,
Denn es gilt dem heiligen Tschechen,
Seinem Duldertume,
Denn es singt von Hus, dem großen
Märtyrer-Propheten!
Vater, hör es. Ich indes will
Still zum Himmel beten:
Mögen alle Slawen gute
Brüder, treu auf Erden,
Söhne einer Sonne: Wahrheit

андруши

Und auch Ketzer werden,
Gleich dem Ketzer, den zu Konstanz
Sie den Flammen weihten!
Frieden bringen sie der Welt einst,
Heil für ewige Zeiten.

138 Perejaslaw, 22. November 1845

Der Stein, den die Bauleute verworfen, ist zum Eckstein geworden. Das ist vom Herrn geschehen und ist ein Wunder vor unsern Augen.
Psalm 118, 22 und 23

„Unrecht und Knechtschaft ringsum wohnen,
Zermartert schweigt das Volk und matt.
Es sitzt auf dem Apostelthrone
Ein Mönch, gemästet, fett und satt.
Er schenkt wie Bier das Blut des Lebens
Und handelt mit dem Seelenheil.
O Herr, du hältst Gericht vergebens,
Dein Reich ist fehl, dein Reich ist feil.
Räuber haben, Menschenfresser
Dein Gesetz verlottert,
Deinen Namen, deinen Willen,
Deine Kraft verspottet.
Und die Erde weint in Ketten,
Wie ums Kind die Mutter.
Niemand, der die Fesseln sprengte,
Daß man aufsteh, munter,
Für das wahre Evangelium,

Für das Volk der Armen!
Niemand, niemand! Herr des Himmels,
Gibt es kein Erbarmen?
Doch! Es naht die Stunde, die da
Strafen wird und lohnen,
Von der stolzen Papst-Tiara
Brechen die drei Kronen, 139
Brechen! Segne meine Hände
Für die Qual, die Rache,
Segne sie mir, Herr des Himmels,
Zage Hände, schwache!“

Also besang in stiller Zelle
Einst Johann Hus der Dinge Lauf:
Er bräche wohl den Bann der Hölle,
Zeigte den blinden Augen drauf
Ein heil'ges Wunder.
„Auf! Ich ruf's:
Mit mir ist Gott! ... Ich bin zur Stelle!“
Und in die Bethlehem-Kapelle
Schritt zum Gebet der wackre Hus.

„Im Namen Christi, unsres Herrn,
Der für uns ward ans Kreuz geschlagen,
Und aller heiligen Apostel,
Petri und Pauli insbesondre,
Erlassen wir denn alle Sünden
Kraft dieser Unsrer heiligen Bulle
Der Sklavin Gottes ...“
„Wie! Derselben,
Die vorgestern durch die Gassen

Prags zur Schau gezerrt ward?
Die da torkelte durch Höfe
Und durch Schenkennächte!
Die durch Klostergänge schlurrte
Und in Zellen zechte!
Geld ergattert hat die Metze,
Hat das Heil gemietet,
Ist nun selig durch die Bulle!...
Gott! O Macht und Güte!
Erbarm dich der Menschen! Dein Name ist groß!
Im Licht-Paradiese ruh aus nun vom Peinigen!
Wofür soviel Unheil? Was strafst du die Deinigen,
Demütige Kinder, ohn Fehl und Verstoß?
Wofür hast du ihr gutes Schauen,
Den freien Geist in Bann getan
Und zugedeckt mit Nacht und Grauen?...
Erwache, Volk — der Tag bricht an!
Auf! Tut den Dorn aus euren Augen,
Erwacht, ihr Tschechen, lernet taugen,
Seid Menschen, nicht Gespött den Mönchen!
Mordbrenner, Henker in Tiaren
Ergingen sich im Plündern, Schinden,
Wie in Moskowien die Tataren,
Und schenkten uns Entblößten, Blinden
Ihr Dogma!... Blut und Brand und Öde,
Jedwedes Übel, Krieg und Fehde,
Der Höllenqualen lange Reih...
Denn voll ist Rom von Hurerei!
Ihr Ruhm, ihr Dogma war gespiegelt —
So sehn sie aus nach Art und Farb!
Und nun hat das Konklav besiegelt:

Wer ohne heilige Bulle starb,
Kommt in die Hölle! Doch wer besser
Bezahlt, und wär's ein Menschenfresser
— Von Papst und Mönch nur laß die Hände —,
Geht in den Himmel ein am Ende!
Schon wird der Dieb vom Dieb bemaust —
Die Schurken tun's im Gotteshaus! 141
Habt Blut genug gesoffen ihr —
Ja oder nein? ... Herrgott, nicht mir
Wär hier zu urteilen geziemend.
Groß Ding entscheidest selber du,
O Herr. Und niemand fügst du zu
Ein unverdientes Leid. Nein, niemand!
Ich bete, Herr, um dein Erbarmen.
Rett uns mit heilig starken Armen.
Schick, wenn ich lästre, mir Heimsuchung,
Doch von der Welt nimm die Verfluchung.
Daß der Versucher nimmer spotte,
Nicht deine Herrlichkeit entgotte,
Noch uns verhöhne, schlichtes Volk ..."

So weinte Hus, und im Gebete
Vergoß er Tränen ... Alles stand
Und staunte: was der Mann wohl täte?
Und gegen wen er hob die Hand?

„Schaut her! Seht hier die Bulle, Leute,
Ich las sie durch!" Er strich sie glatt
Vorm Volk. Das schrak zurück und scheute:
Denn Johann Hus zerriß das Blatt!

Und von der Bethlehem-Kapelle
Fliegt bis zur heilig-höchsten Stelle
Die Kunde, schnatternd, alsobald.
Das Mönchsvolk drückt sich in die Ecken.
Das Echo ins Konklave hallt,
Die Tiara zitterte. O Schrecken!

142

Wie die Vipern zischten Mönche,
Zischelten die böhmischen,
Dann die Avignoner mit den
Vatikanisch-römischen:
Zischelten die Antipäpste,
Daß die Wände zitterten,
Kardinäle, wie die Vipern,
Wanden sich und witterten
Um die Tiara; balgten still sich,
Katern gleich, erbitterten,
Um das Mäuschen ... Ei gewiß doch!
Mäusefell ist teuer,
Und das Mäusefleisch erst! ... Tüchtig
Bebte das Gemäuer,
Wie sie hörten, daß in Prag die
Gänse streitbar schnattern,
Daß die Gänse keck und mutig
Gen die Adler flattern.
Das Konklav beschloß im Rate:
Hus ist zu verdammen;
Und zu Konstanz ziehn die Raben
Ihr Konzil zusammen.
Und man soll den grauen Vogel
Achtsam rings umschleichen,

Daß ins slawische Gefilde
Er nicht mög entweichen...

Rabenbrut bedeckt die Felder —
Sieh, die Pfaffen fahren
Gegen Konstanz; über Land ziehn
Wie Heuschreckenscharen 143
Baron und Herzog samt Gevattern:
Mundschenk und Herold, ganze Scharen
Von Minnesängern (als Kobsare),
Gefolgt von Kriegsvolk — lauter Nattern.
Herzoginnen mit deutschen Junkern:
Manch einer nahm den Falken mit;
Zu Fuß, wer nicht zu Pferde ritt;
Das war ein Tummeln, Schwärmen, Flunkern —
Der Schlangen hurtiges Gezücht.
O Tscheche! Fühlt dein Herz es nicht?
Groß Macht begehrt ein groß Gemetzel.
Geht's auf die Sarazenen los?
Gilt es dem wilden König Etzel?
Ein dumpfes Murren geht durch Prag,
Kaiser und Wenzel sind im Spiele,
Dem tausendköpfigen Konzile
Gilt Lärm und Fluchen. Niemand mag
Jetzt Johann Hus nach Konstanz lassen...
„Noch lebt mein Gott. Noch lebt mein Geist.
Kein Tod, ihr Brüder, kann mich fassen.
Ich will's beweisen dem Geschmeiß.
Ich reiß dem Wurm die Zähne aus!"
Ganz Prag geleitet Hus hinaus,
Wie einen Vater...

Früh am Morgen tönt zu Konstanz
Festliches Geläute,
Sammeln sich die Kardinäle,
Feist, im Purpurkleide.
Wie ein Rudel in dem Pferche
Wimmelt's von Prälaten.
Die drei Päpste und bekränzte
Freiherrn und Magnaten.
Judasse, sie sind versammelt
Zu verruchtem Richten:
Gegen Christus! Haß und Hader,
Zank von Bösewichten.
Lärm wie im Zigeunertabor,
In der Judenschule ...
Da! mit einem Mal verstummt man —

Ragend überm Pfuhle,
Wie am Libanon die Zeder,
Aufrecht: Hus, in Banden.
Und er blickt mit Adleraugen
Aufs Konzil der Schande.
Bleich und bebend sahn die Herren
Wortlos auf den graden
Dulder. „Habt ihr mich hierher nicht
Zum Disput geladen?
Sollt ich nur die Fesseln sehen?..."
„Halt den Mund, den frechen ..."
Und sie zischten, brüllten, schalten
Ihn, den dreisten Tschechen.
„Ketzer! Ketzer! Volkszersetzer!
Zwietracht säst du, Spalter!

Widersetzt dich Gott und seinem
Heiligen Statthalter.“
„Gottverfluchter!“
„Laßt mich reden!“
„Seht den Apostaten!
Lästerer! Gesetzverletzer!“
146 Heulten die Prälaten.
„Gottesleugner!“
„Laßt mich reden!“
„Daß wir dich verdammen!“
Hus sah auf die Päpste nieder,
Stumm, und ging von dannen.
„Sieg! Heil! Sieg!“ Die tausend Pfaffen
Tanzten tollend, brausend.
„Tod dem Ketzer! Er soll brennen!“
Heulten alle tausend.

Sie zechten bis zur Morgenfrühe,
Barone, Mönche, alles trank
Und sandte Hus betrunkne Flüche,
Bis daß die Morgenglocke klang.
Das ganze Mönchsvolk ging zur Messe
Und betete für Hus. Und dann
Trat ihren Weg die Sonne an,
Sie strebte zu der Opferstätte:
Was tut man dem gerechten Mann?
Wimmernd tönten alle Glocken,
Als man Hus hinführte
Auf sein Golgatha, in Fesseln.
Aber wenig rührte
Ihn der Scheiterhaufen; betend

Trat er vor die Flammen:
„Allerbarmer, künde, warum
Diese mich verdammen,
Wofür diese, deine Menschen,
Hier mich richten heute!
Wofür sie ans Kreuz mich schlagen!
Leute! Gute Leute!
Betet, denn ihr seid nicht schuldig,
Morgen seid ihr Beute
Eurer Untat. Betet! Bestien
Tragen Lämmerhäute,
Nahn euch, strecken ihre Krallen ...
Berge und Gebäude
Bergen schlecht euch. Übers Ufer
Tritt das Meer, das rote.
Blut, ja Blut von euren Kindern!
Blut, o Schreckensbote!
Seht sie, hier! In weißen Rüschen,
Wie sie Augen rollen ...
Blut ist's ...“
„Laßt ihn brennen, brennen!“
„Blut ist's, was sie wollen!
Euer Blut!“
Schon wirbelt Rauch,
Hüllt den Leib des Helden.
„Betet, gute Leute, betet!
Herr! Laß nicht entgelten
Die Unwissenden, erbarm dich! ...“
Doch der Ruf ging unter.
Mönche standen um das Feuer,
Heulten wie die Hunde,

Bang, daß Hus nicht als ein Drache
Aus den Flammen fahre —
Springe auf des Kaisers Krone,
Auf des Papstes Tiara.

Als das Feuer starb und Winde
Fort die Asche rafften,
Sah man einen Feuerdrachen
An dem Papsthut haften.
Und man hörte fern die Mönche
Das Tedeum singen,
Bis zu Tisch ins Refektorium
Alle tafeln gingen.
Und sie schwelgten, bis sie schwollen.
Aber Tschechen kamen,
Scharrten Staub und Asche aus dem
Haufen, und sie nahmen
Sie nach Prag mit. Pfaffen haben
Also Hus gerichtet...
Doch nicht haben sie im Feuer
Gottes Wort vernichtet.
Dachten nie, daß aus den Flammen
Sich ein Aar wird schwingen
Statt des Gänsrichs — und den Papsthut
Wie ein Sturm anspringen!
Nicht doch! Wie vom blut'gen Mahle
Aufflattern die Raben,
Sind die Pfaffen und Barone
Heimgekehrt und haben
In den reichen Prunkgemächern
Über Trinken, Essen,

Schlafen und Tedeum-Singen
Hus sehr schnell vergessen.
Der ist abgetan... Frohlockt nur:
Seht, vom Berge Tabor
Drüben winkt der alte Žižka
Mit dem Feldherrnstabe!

Marjinske, 10. Oktober 1845

150 ÜBERM Dorfe Subotowe
Auf dem Berge droben
Steht der Ukraine Grabmal —
Übers Land erhoben,
Die Kapelle, wo Bohdan einst
Kniete im Gebete,
Um die Eintracht der Kosaken
Mit dem Russen flehte.
Friede deiner Seele, Bruder!
Anders ist's gekommen:
Gierig hat die Zarenbande
Alles uns genommen,
Gar die Gräber aufgerissen,
Um nach Geld zu schürfen.
Hat in deinen Kellern plündern,
Dich beschimpfen dürfen,
Wenn sie nichts bei dir gefunden!
Schau, Bohdan, so nahm sie's!
Und die arme Ukraine
Ward ein Bild des Jammers.
Schau nur, wie man dir's gedankt hat,
Ja, wie dir zur Schande
Läßt dein Kirchlein man verfallen!
Und in deinem Lande,
Bei den Deinen, die der Schlachta

Schlugen auf die Tatzen,
Die Bastarde Katerinas
Wie die Ratten schmatzen.
Alexej kamst du, Bohdan,
Freundschaftlich entgegen!
Alles gabst du hin; und ihm
Kam das grad gelegen. 151
Meint gar, daß er alles immer
Schon als seins betrachtet,
Hätt's als Weide den Tataren
Früher nur verpachtet.
Und den Polen... Muß wohl stimmen!
Mag ihm Gott verzeihen!
Heut darf unsre Ukraine
Jeder Gauch bespeien!
Magst du heut noch spotten, Fremdling!
Bald in sich zusammen
Stürzt das Mal... die Ukraine
Setzt ein Sturm in Flammen,
Sturm der Wahrheit, aus den Wolken
Bricht die Morgenröte,
Und die Sklavenkinder werden
In der Freiheit beten!...

Marjinske, 21. Oktober 1845

Die Magd

Prolog

154 SONNTAGS in der Morgenfrühe
Nebel übers Feld hinziehen.
Am Kurgane steht im Nebel,
Gleich der Pappel, schlank und bebend
Eine junge Frau. Sie bückt sich,
Hält die Hand ans Herz gedrückt sich,
Spricht zum Nebel diese Worte:

„O du Nebel, grauer Nebel,
Mein zerbrochnes, junges Leben!
Kannst du mir nicht Obdach geben
Hier, an diesem Orte?
Kannst du mich nicht hier ersticken
Und zu Boden drücken,
Kannst du meinem schweren Lose
Denn nie Lindrung schicken?
Aber nein, du lieber Nebel,
Sollst mich nicht ersticken,
Nimm mich auf, versteck mein Unglück
Allen fremden Blicken.
Ich bin nicht allein. Ich hab ja
Vater noch und Mutter,
Und ich habe ... liebster Nebel,
Nebel, du mein Bruder!...
Hab ja dich, mein Kind, mein armes,

Ungetauftes Kleines!
Nicht ich werd dich taufen! Bleib mit
Meinem Leid alleine.
Fremde tragen dich zur Taufe,
Ich werd nicht erfahren,
Wie man dich benannt... Mein Kind!
Ich war reich vor Jahren...
Schilt mich nicht! Ich will auch beten,
Will mit meinen Tränen
Glück vom Himmel dir erflehen
Und es zu dir senden."

Übers Feld hin durch den Nebel
Schritt sie, schluchzte laut vor Bangen,
Hat durch Tränen leis das Lied
Von der Witwe angefangen,
Die zur Donau, ihre Kinder
Zu ertränken, ist gegangen:

„Ein Kurgan im Felde steht;
Eine Witwe zu ihm geht,
Geht und wandert auf und ab,
Sucht nach Kräutern dort am Grab,
Kräuter fand sie nicht im Feld —
Bracht zwei Kinderchen zur Welt.
Hüllt' sie in ihr Tuch, ihr buntes,
Trug zur Donau sie hinunter:
‚Stille, blaue Donau! Hier:
Meine Kindlein nimm zu dir,
Spiel mit ihnen, lieber Strand,

Nähre sie mit gelbem Sand,
Nähre sie, bring sie zur Ruh,
Decke meine Kindchen zu.'"

I

156

War einmal ein altes Paar.
Schon seit langer Zeit lebte es zu zweit
Auf der Halde dort am Teich im Walde,
Wie zwei kleine Kinder
Unzertrennlich immer.
Hüteten von klein auf Lämmer schon zusammen,
Wurden dann Frau und Mann,
Schafften eignes Vieh sich an,
Bauten sich die Hütte und am Teich die Mühle,
Ein Gemüsegärtchen, in der Waldeskühle
Eine kleine Imkerei
Und was sonst noch nötig sei.
Nur die Kinder blieben aus —
Und der Sensenmann schlich schon ums Haus.

Wer wird nun ihr Alter pflegen,
Wenn die Kinder fehlen?
Wer wird im Gebet sie hegen,
Denken ihrer Seelen?
Wer bekommt das Gut, das sie sich
Redlich so erworben,
Wer wird dankbar ihrer denken,
Wenn sie einst gestorben?
Schwer ist's, Kinder aufzuziehen,

Fehlt das Dach der Hütte,
Doch allein im reichen Hause
Altern — das ist bitter,
Einsam altern, einsam sterben,
Alles hinterlassen
Fremden Menschen, fremden Kindern,
Die das Gut verprassen! 157

II

Da saßen sonntags einst die Alten,
Die Hände still im Schoß gefaltet,
Vorm Haus in Hemden, schön gestickten.
Die Sonne strahlt'. Zum Himmel blickten
Sie auf: Kein Wölkchen! Still die Halde,
Lieb wie das Paradies.
Das Leid schläft, gleich dem Tier im Walde,
Im Herzensgrunde tief.

Solch ein Paradies — und dennoch
Trauern sie, die Alten?
Hat das Leid schon lange Einzug
In ihr Haus gehalten?
Hat ein alter, unterdrückter
Schmerz sich neu geregt?
Hat aufs Paradies ein neuer
Schmerz sich heiß gelegt?

Ich weiß nicht, was sie trauernd denken.
Mag sein, sie denken schon daran,

In Gottes Reich den Weg zu lenken?
Wer wird ihnen Geleite schenken?
Wer spannt die Pferde ihnen an?

„Wer trägt uns, Nastja, einst zu Grabe?“
„Ich weiß es nicht! Ich selber habe
158 Schon nachgedacht und find kein Ende,
Wie ich’s dreh und wende:
Einsam sind wir alt geworden,
Wer wird einst verschwenden
Unsre Habe?“
„Wart doch einmal!
Hörst du nicht was weinen
Dort vorm Tor, als sei’s ein Kind?
Komm! ... Mir wollt doch scheinen,
Daß uns heut noch was begegnet!“

Hurtig liefen beide
Vor das Tor hinaus und standen
Schweigend ... Welche Freude!
Dicht am Gatter lag ein Kindlein
Eingepackt in Windeln,
Nicht zu fest; ein neuer Kittel
Liegt über dem Kindel.
Sorgsam hat’s die eigne Mutter
Hier so eingewickelt,
Gab ihm, jetzt zur Sommerszeit,
Ihren letzten Kittel.
Schweigend beteten die Alten.
Aber sieh: das Kleine
Streckt die zarten Händchen aus

Und hört auf zu weinen;
Liegt ganz still, das Herzige,
Grad, als ob es fragt,
Ob sie's wollen.
                    „Siehst du, Nastja?
Hab ich's nicht gesagt?
Hier ist unser Glück! Nun sind wir 159
Schon nicht mehr alleine.
Unberufen! — Schnell! Gib frische
Windeln für das Kleine.
Trag's ins Haus! Nach Gorodischtsche
Geh ich schnell mal eben,
Paten einzuladen."

                    Seltsam
Geht's doch zu im Leben!
Einer jagt den Sohn mit Flüchen
Fort aus Haus und Garten,
Und der andre, Herzensgute,
Stellt das schwer ersparte
Lichtlein vor das Heil'genbild,
Seine Lippen beben:
„Hätt ich Kinder doch!" Wie seltsam
Geht's doch zu im Leben!

III

Drei Paar Paten bei dem Feste
Um den Knaben standen,
Als sie ihn zur Taufe trugen

Und ihn Marko nannten.
Marko wuchs heran. Die Alten
Ließ es gar nicht ruhn,
Wie ihn hegen, wie ihn pflegen,
Was noch für ihn tun.
Marko wuchs heran. Im Stalle,
Sich am Futter labend,
Stand die Milchkuh, glatt und prächtig.
Da kam eines Abends
Eine junge Frau mit schwarzen
Brau'n und blasser Miene,
Fragt', ob sie am guten Hof hier
Nicht als Magd könnt dienen.

„Wollen wir sie nehmen, Nastja?“
Fragt der Mann bedächtig.
„Freilich doch, Trochym. Wir beide
Sind schon alt, gebrechlich.
Und das Kind — es ist gewiß
Bisher gut gediehen,
Doch es braucht schon jemand, um es
Weiter aufzuziehen.“
„Ja, das braucht's. Manch gutes Jährchen
Hab gelebt ich — stimmt's?
Und bin müde. Aber jetzt:
Sag mal, was du nimmst
Für ein Jahr...“
„Soviel ihr gebt...“
„Nein, laß uns besprechen:
Rechten Lohn für rechte Arbeit
Muß man gut berechnen.

Wer nicht rechnet, heißt es, wird sich
Nie was sparen können.
Machen wir es, Tochter, so:
Bis wir dich recht kennen
Und du uns, bleibst du hier bei uns,
Siehst dir alles an.
Auch wir sehen, was du kannst,
Und besprechen's dann.
Ist's dir recht?"
„Ja, Onkel, bitte..."
„Gut. Tritt ein zur Hütte!"

Wurden einig so. Die Junge
Freut sich alle Morgen,
Gleich, als wär sie eines reichen
Gutsherrn Frau geworden.
Munter schafft sie in der Hütte,
Auf dem Hof, im Stalle,
Morgens früh und abends spät.
Um das Kind vor allem
Ist sie Tag und Nacht beschäftigt.
Recht mit Mutterliebe
Wäscht sie ihm sein Köpfchen, zieht ein
Reines Hemd ihm über
Sonntags wie an Wochentagen,
Spielt mit ihm, singt Lieder,
Macht ihm Spielzeug. Doch am Festtag
Setzt sie's gar nicht nieder.
Und es wundern sich die Alten,
Preisen Gottes Willen.
Doch die arme Magd, die immer

Fleißige und stille,
Flucht allnächtlich ihrem Schicksal
Und muß bitter weinen.
Niemand weiß es, niemand sieht es,
Und es hört's alleine
Nur der kleine Marko immer.
162 Doch er kann nicht wissen,
Warum ihn die Magd mit Tränen
Badet und mit Küssen
Nachts ihn zudeckt. Marko weiß nicht,
Warum sie sein Essen
Stets ihm gibt, als hätt sie selber
Speis und Trank vergessen?
Marko weiß es nicht. Und regt sich
Nachts der kleine Junge
Unruhvoll in seiner Wiege —
Gleich kommt sie gesprungen,
Deckt ihn zu und schlägt ein Kreuz,
Schaukelt seine Wiege.
Aus dem Nachbarzimmer lauscht sie
Seinen Atemzügen.
Nach der Magd streckt Marko morgens
Seine kleinen Hände,
Und die treue, fleiß'ge Hanna
Seine „Mama" nennt er.
Marko weiß von nichts. So wächst er
Und wird groß am Ende.

IV

Nicht wenig Jahre sind verflogen,
Nicht wenig Wasser floß dahin,
Da ist das Leid ins Haus gezogen
Und brachte viele Tränen mit.
Großmutter Nastja starb, die alte. 163
Kaum konnte sich noch aufrecht halten
Trochym, ihr Mann. Jedoch der Kummer
Tobte sich aus und sank in Schlummer,
Und aus dem dunklen Wald zurück
Kam wieder zu Trochym, als stummer
Und lieber Gast, das stille Glück.

Marko ist Tschumak nun. Abends —
Es ist Sommersende —
Kommt er nicht mehr heim. ’s wird Zeit wohl,
Werber auszusenden!
„Wen nur?“ überlegt der Alte,
Und die Magd zu fragen
Geht er. Einer Königstochter
Ihren Marko anzutragen,
Wäre Hanna grad genug!
„Soll er’s selber sagen.“
„Gut. Er wird schon eine kennen;
Soll er selbst die Braut uns nennen!“

Hielten Rat. Mit seinen Werbern
Zog Marko zur Freite.
Kehrten heim mit buntem Handtuch,
Brachten das geweihte

Tauschbrot mit. Kein schönres Mädchen
Gab es rings im Lande
Als die Braut, die sie gefunden;
Brächt selbst keine Schande
Einem Hetman! Solch ein Wunder
Hatten sie errungen!

164

„Schönen Dank euch!“ sprach der Alte,
„Jetzt, so ist's bedungen,
Heißt es schnell die Hochzeit richten,
Zum Altare gehen.
Eins nur sagt: Wer wird als Mutter
Neben Marko stehen?“
Und er weint. „Warum sah Nastja
Nicht dies gute Ende!“
Doch die Magd steht auf der Schwelle,
Hält mit beiden Händen
Sich am Pfosten, totenbleich.
Still ward's in der Hütte.
„Markos Mutter... Markos Mutter...“,
Hanna leise flüstert.

V

Tage gehen. Auf dem Hofe
Kneten schon am Teige
Die Brautjungfern. Und der Alte
Will sich auch noch zeigen:
Macht ein Tänzchen mit den Jungfern,
Fegt den Hof und winkt

Jedermann, der nur vorbeikommt,
Auf den Hof und trinkt
Schnell ein Gläschen Schnaps mit ihm,
Lädt zur Hochzeit ein ihn,
Rennt und springt — und dabei steht er
Kaum noch auf den Beinen.
Lachen, Lärm in Haus und Hof,
Immer lauter, heller;
Dicke Fässer rollt man an
Aus dem neuen Keller.
Fegen, scheuern, backen, kochen —
Aber fremde Hände
Machen alles! Wo ist Hanna?
Sie zog in die Fremde.
Ging nach Kiew fort auf Wallfahrt.
Dazubleiben flehten
Sie der Alte an und Marko.
„Nein, Marko, es geht nicht,
Daß ich bleib an Mutterstelle:
Ihr habt reiche Gäste,
Und ich bin ja eine Magd nur.
Es ist schon das beste,
Daß ich geh — man könnt sonst lachen!
Daß euch Gott beschütze,
Will ich alle Heil'gen bitten,
Das wird euch mehr nützen.
Komm ich wieder und ihr nehmt mich,
Will ich allerwegen
Euch behilflich sein ...“
Von Herzen
Sprach sie noch den Segen

Über Marko... Weinend ging sie
Dann zum Tor hinaus.

Mächtig ging die Hochzeit an,
Alles tobt sich aus —
Die Musik und auch die Hacken.
166 Tisch und Bänke schwimmen.
Doch die Magd wankt ihres Weges,
Zieht nach Kiew hin.
Dorten angekommen, ging sie,
Ohne zu verschnaufen,
Einer Frau das Wasser tragen,
Mußte Kerzen kaufen,
Um vor Barbara zu beten.
Schleppte Tag für Tag
Wasser, bis das Geld ihr reichte.
Hat nun, was sie mag:
Ein geweihtes Mützchen kauft sie
Beim heil'gen Iwan —
Marko wird der Kopf nicht schmerzen,
Zieht er es sich an.
Noch ein Ringlein für die Braut
Bei Sankt Barbara.
Neigte sich noch allen Heil'gen,
Zog nach Hause dann.

Kam nach Hause, Kateryna
Und auch Marko schritten
Ihr beim Tore schon entgegen,
Führten sie zur Hütte.
Setzten Speis und Trank ihr vor,

Stellten viele Fragen.
In der guten Stube machte
Katrja ihr das Lager.
„Wofür lieben sie mich so,
Tragen mich auf Händen?
Gott im Himmel sei mir gnädig!
Wissen sie am Ende?...

Haben sie etwas erraten?...
Nein, noch weiß es keiner...
Sie sind eben gut...!“
Und Hanna
Sank in stilles Weinen.

VI

Dreimal fror der Fluß, und dreimal
Taut er auf vom Eise.
Dreimal rüstet Kateryna
Hanna für die Reise
Nach Kiew. Beim vierten Male
Hat sie ihre Magd
Bis aufs Feld hinaus begleitet,
Ein Gebet gesagt,
Daß sie recht bald wiederkehre,
Denn ihr war so bange
Ohne sie — als sei die Mutter
Aus dem Haus gegangen.

Einst saß Trochym am Wochenende —
’s war nach Mariä Himmelfahrt —

Чигиринъ
з Суботовського шляху

Vorm Haus im Hut und weißen Hemde
Auf seiner Bank. Nach Kinderart
Spielt mit dem Hund der Enkelsohn.
Die Enkeltochter kam indessen
In Mutters Rock, als brächt sie Essen
Dem alten Ohm. Der kennt das schon.
Er lacht, heißt freundlich sie willkommen
Und sagt, als sei sie wirklich groß:
„Wo ist das Brot denn? Was ist los?
Hat man's im Wald dir weggenommen?
Hast du es gar nicht mitgebracht,
Am End gar nicht gebacken, sag?
Ei, schäm dich! Heißt das Wirtschaft führen?“
Doch sieh — da nähert sich die Magd
Dem Hof. Der Alte springt zur Türe
Mit den Enkeln ihr entgegen.
　　Doch sie fragt beklommen:
　　„Wo ist Marko?“ — „Marko ist noch
　　Nicht zurückgekommen.“
　　„Hab mit meinen letzten Kräften
　　Heimgeschleppt mich heute,
　　Wollte nicht alleine sterben
　　Unter fremden Leuten.
　　Käm doch Marko bald nach Hause,
　　Mir ist heut so schwach ...“
　　Kleine Gaben für die Enkel
　　Zieht sie aus dem Sack:
　　Kleine Kreuze, Heil'genbilder
　　Und ein Perlenkettchen
　　Für Jaryna und ein rotes
　　Bild auf Silberplättchen.

Eine Nachtigall für Karpo
Und zwei schmucke Pferdchen.
Für Katrja ein Wunderringlein —
Schon das vierte, seht ihr? —
Von Sankt Barbara. Dem Alten
Gibt sie drei geweihte
Kerzen. Nur für sich und Marko — 171
Weil das Geld nicht reichte —
Hat sie nichts. Sie konnt nichts kaufen.
Wenn die Kräfte schwinden,
Hält es schwer mit Geldverdienen!
„Hier, gleich werd ich's finden —
Ein Stück Kringel!" Und ein Bröckchen
Gibt sie jedem Kinde.

VII

Ging ins Haus dann. Kateryna
Wusch ihr dort die Füße
Und gab Essen ihr. Doch Hanna
Nahm nicht einen Bissen.
„Wann ist Sonntag, Kateryna?"
„Warum willst du's wissen?
Übermorgen."
„So — dann solltest du
In die Kirche laufen
Und ein Bittgebet bestellen
Und auch Hostien kaufen.
Wo bleibt Marko nur? So lange
Zog er schon von dannen.

Ob er krank ist? Gott verhüt es!“
Und die Tränen rannen
Aus den alten, müden Augen,
Konnte kaum sich halten.
Doch dann sprach sie:
„Kateryna,
172 Bin nicht mehr die alte:
Krank bin ich, kann kaum noch stehen.
Schwer ist so ein Ende,
Katrja, so im trauten Hause
Sterben — doch als Fremde!“

Hanna lag schwerkrank zu Bette,
Nahm schon unterdessen
Abendmahl und letzte Ölung —
Doch es ward nicht besser.
Wie erschlagen schleicht der alte
Trochym, ringt die Hände.
Kateryna von der Kranken
Nicht ein Auge wendet.
Kateryna sitzt am Lager
Bei Nacht und bei Tage.
Doch vom Dache schreit das Käuzchen
Schon die Totenklage.
Täglich, stündlich fragt die Kranke,
Fragt mit schwacher Stimme:
„Sag mir, Töchterchen, Katrussja,
Kommt denn Marko nimmer?
Wenn ich doch nur sicher wüßte,

Daß ich ihn noch sehe,
Hielt ich aus und würde eher
Nicht von hinnen gehen.“

VIII

173

Marko zieht mit den Tschumaken
Singend durch die Heide,
Hat’s nicht eilig heimzukommen,
Läßt die Ochsen weiden.
Bringt für Kateryna teures
Tuch zu einem Kleide,
Für den Vater einen Gürtel
Aus gestickter Seide,
Goldbrokat zu einem Häubchen
Für die alte Hanna
Und ein schönes Umschlagtuch,
Rot mit weißen Fransen.
Für die Kinder kleine Schuhe,
Feigen und Korinthen.
Aber allen miteinander
Ein Faß mit drei Pinten
Roten Weins, aus Zarengrad,
Dazu Kaviar —
All das bringt er; und er ahnt nicht,
Was zu Haus geschehen war.

Heimwärts zieht Marko zufrieden.
Nun ist er vorm Haus,
Spricht am Tor ein Dankgebet und

Schiebt die Flügel auf.
„Hörst du's denn nicht, Kateryna?
Lauf hinaus doch, bitte!
Er ist da! Lauf ihm entgegen.
Führ ihn in die Hütte!...
Hab ich's noch erlebt, Herr Jesus,

Dank dir für das Wunder!"
Wie im Traum sprach leise, leise
Sie ein Vaterunser.

Trochym spannt die Ochsen aus,
Nimmt das Joch vom Rücken
Ihnen ab. Auf Marko ruhen
Katerynas Blicke.
„Wo ist Hanna, Kateryna?
Sah sie noch nicht wieder.
Sie ist doch nicht tot?"
„Nein, Marko,
Sie liegt krank danieder.
Komm, wir gehen schnell hinüber.
Vater wird schon fertig
Mit den Ochsen. Hanna hat schon
Oft und oft begehrt dich."

Marko ging mit ihr zur Kammer.
Weinend blieb er stehen
Auf der Schwelle. Hanna flüstert:
„Gott erhört' mein Flehen!
Komm zu mir! Und du, Katrussja,
Laß uns jetzt ein Weilchen;

Ich muß Marko etwas fragen
Und ihm etwas beichten.“

Kateryna ließ die beiden.
Marko trat heran,
Beugte zu der Magd sich nieder.
„Marko, sieh mich an,
Sieh mich an, wie ich hier liege,
Die als Magd, zerlumpte,
Zu euch kam ... Ich bin nicht Hanna,
Ich bin ...“
                    Und verstummte.
Marko weint — was soll er sagen?
Hanna öffnet wieder
Ihre traurig stillen Augen;
Tränen rinnen nieder.
„O verzeih! Fremd immer lebt ich
Unter euch, mein Guter!
Hab’s gebüßt! Verzeih, mein Sohn!
Ich bin — deine Mutter!“
Damit schwieg sie.
                    Marko stürzte,
Als ob Blitze ihn trafen,
Hin zur Mutter. Doch die Mutter
War schon eingeschlafen.

Perejaslaw, 13. November 1845

Der Kaukasus

Meinem geliebten Jakob de Balmen

Ach, daß ich Wasser genug hätte in meinem Haupte und meine Augen Tränenquellen wären, daß ich Tag und Nacht beweinen möchte die Erschlagenen in meinem Volk! 177
Jeremia 9, 1

BERGE über Berge, von Gewölk umflossen,
Grambesäte Berge, Berge blutbegossen.
Seit Urzeiten muß Prometheus
Hier am Felsen leiden.
Tag für Tag zerfleischt der Adler
Seine Eingeweide.
Frißt am Herzen, doch er kann es
Nicht zum Stehen bringen —
Immer wieder sieht das Herzblut
Lachend rot man rinnen.
Unsre Seele, unsre Freiheit
Kann niemand bezwingen,
Felsen unter stillen Wassern
Trägt kein Sturm von hinnen.
Gieriger! Das Herz zu töten
Wird dir nicht gelingen,
Niemand wird das ew'ge, heil'ge
Wort zum Schweigen bringen!

An uns nicht ist es, mit den Deinen
Zu hadern und um Recht zu streiten.
Uns bleibt nur: Weinen, weinen, weinen
Und unser täglich Brot bereiten
Mit blut'gem Schweiß, mit bittren Tränen.
Die Henker dürfen uns verhöhnen.
178 Die Wahrheit schläft, berauscht zuzeiten.
Wann nur, wann wird sie erwachen?
Wann legst du dich nieder,
Müder Gott, um auszuruhen,
Gibst uns Leben wieder?
Wir vertrauen deiner Stärke,
Deinem Geist und Willen.
Wahrheit, Freiheit kehren wieder.
Nur auf dich im stillen
Blicken alle Völker, liegen
Betend dir zu Füßen.
Doch einstweilen fließen, fließen
Blutigrote Flüsse! ...

Berge über Berge, von Gewölk umflossen,
Grambesäte Berge, Berge blutbegossen.
Dort haben WIR, von Gottes Gnaden,
Dem Volk sein letztes Gut geraubt,
Die Freiheit — Ketten aufgeladen
Den Totgehetzten. In den Staub
Sank mancher unserer Soldaten.
Und wieviel Tränen! Wieviel Blut!
Genug, um alle Potentaten
Drin zu ertränken samt der Brut
Und fortzuspüln mit Witwentränen!

Aus Mädchenherzen voller Sehnen,
Aus Mutteraugen gramverschlossen,
Aus Greisenaugen — sieh, sieh an:
Kein Strom — ein ganzer Ozean.
Ein Feuermeer hat sich ergossen!
Drum Heil der blut'gen Henkerschar
Und unsrem Väterchen, dem Zar, 179
Heil!
Heil auch euch, ihr blauen Berge,
Gletscherüberzogen,
Heil euch, edle Bergesrecken,
Gott bleibt euch gewogen.
Kämpft und siegt! Der Sieg ist euer,
Gott läßt es gelingen,
Recht und Freiheit, Ruhm und Ehre
Werdet ihr erringen!

Dein bleiben Saklja und Tschurek.
Hast nicht von uns sie — meinetwegen.
Was dein ist, nimmt dir niemand weg.
Man wird dich nicht in Ketten legen.
Wir sind gebildet. Tag und Nacht
Lesen wir fleißig unsre Bibel,
Und von des Kerkers dunklem Schacht
Bis zu des Schlosses hohem Giebel
Waten in Gold wir — arm und nackt!
Kommt nur zu uns! Wir lehren euch,
Wie man an Brot und Salz wird reich.
Wir sind ja Christen. Uns gehören
Kirchen und Schulen, ja selbst Gott.
Nur eins tut uns ein bißchen stören:

Die Saklja, die, wie uns zum Spott,
Noch euch gehört, und dann, daß wir
Euch den Tschurek nicht geben sollen,
Den Hundefraß; und auch, daß ihr
Fürs Sonnenlicht uns nicht sollt zollen.
Uns ist's genug! Wir sind bescheiden,
Sind doch beileibe keine Heiden,
Nein, echte Christen! Wenn ihr doch
Mit uns ein wenig Freundschaft machtet!
Ihr könntet lernen noch und noch!
Allein Sibirien, recht betrachtet,
Ist so unendlich weit und reich,
Kann Kerker euch und Völker zeigen:
Moldauer, Finnen — alle gleich,
In allen Sprachen alle — schweigen!
O Seligkeit! Man legt euch aus
Die Heil'ge Schrift in der Gemeine:
Ein König hütete einst Schweine.
Des Freundes Weib nahm er nach Haus,
Erschlug den Freund und darf zum Lohne
Fortan im Paradiese wohnen.
So kommt bei uns man — habt ihr's raus? —
Ins Paradies. Ihr seid noch Heiden,
Noch nicht erlöst durch Christi Leiden!
Kommt, lernt bei uns! Bei uns heißt's: Stiehl!
Stiehl das, stiehl dies,
Und hops! — ins Paradies
Mit Kind und Kegel, sei's noch soviel.
Bei uns! Wir können alles drehen:
Die Sterne zählen, Hirse säen,
Den Franzmann schmähen. Wir verkaufen,

Verwetten, verwürfeln und versaufen
Auch Menschen. „Neger?“ Wir bedauern!
Getaufte bloß ... so einfach — Bauern.
Wir handeln doch mit Diebsgut nicht,
Weiß Gott! — wie so ein lump’ger Wicht.
Wir handeln nach der Satzung stets! ...
Nach der Satzung der Apostel
Haltet ihr zusammen!
Eitel Heuchelei und Falschheit,
Daß euch Gott verdamme!
Nicht das Herz liebt ihr im Bruder,
Liebt nur seine Habe!
Raubt sein Gut: für eure Weiber
Als Geburtstagsgabe,
Für die Bankerte als Mitgift
Oder Angebinde
Und für euch — doch das erfahren
Weder Frau noch Kinder.

Wofür hat man dich gekreuzigt,
Christus, du Sohn Gottes?
Uns zum Heile? Für die Wahrheit?
Oder nur zum Spotte?
Daß wir deiner lachen, Christe?
Wahrlich ja, so ist es!
Kapellen, Dome, Kathedralen,
Kniefälle vor dem Kruzifix,
Ein still’ Gebet gesenkten Blickes,
Weihrauch und Myrrhen — und dies alles
Für Raub und Mord! Der Brüder Blut
Vergießen sie mit frommen Händen

Und weihen ihrem Gott aus Bränden
Geraubtes Tuch als Opfergut!...
Aufgeklärt sind wir! Und wollen auch
Andre dazu zwingen.
Wollen diesem blinden Volk das
Licht der Wahrheit bringen!
182 Alles lernt ihr, alles! Gebt euch
Nur in unsre Hände:
Kerker bauen, Ketten schmieden
Und die Ketten... tragen!
Siebenschwänz'ge Knuten flechten
Und doch nicht verzagen!
Alles lernt ihr, alles! Gebt uns
Nur die Berge her —
Denn der Rest ist ja schon unser,
Euer Land und Meer!

Dich trieb auch dorthin man, Jakob, den ich meine,
Liebster Freund und Bruder! Nicht für die Ukraine,
Nein, für ihre Henker ward hier soviel Blut
Ohne Schuld vergossen! Mit der Zarenbrut
Mußt von Zarentellern Zarengift du essen!
Liebster Freund, du bleibst uns, Bester, unvergessen!
Für die Ukraine laß dein Herze fühlen!
Flieg mit den Kosaken über Wies und Acker,
Schenk den leeren Steppengräbern einen Blick.
Wein mit den Kosaken, aber halt dich wacker:
Bald kehr aus der Fremde ich zu euch zurück.
Bis dahin will meine Träume,
Meine bittre Trauer
Ausstreun ich. Mögen sie wachsen.

Mit den Winden plaudern.
Winde aus der Ukraine,
Taufeucht stille Winde,
Solln dir meine Träume bringen.
Wenn sie kühl und linde
Dich umwehn, wirst eine Träne
Du mir lauschend schenken ...
Unsrer Gräber, unsrer Steppe,
Meiner wirst du denken.

Perejaslaw, 18. November 1845

воздвиженскій монастырь
въ Полтавѣ

Den Toten, den Lebenden und den Ungeborenen, meinen Landsleuten

in der Ukraine und nicht in der Ukraine
meine freundliche Botschaft

So jemand spricht: Ich liebe Gott, und hasset seinen Bruder, der ist ein Lügner.
1. Epistel St. Johannis 4, 20

DUNKEL wird's. Ein Tag des Herrn
Geht zur Rüste wieder.
Müde sind die Menschen; alles
Legt zum Schlaf sich nieder.
Ich allein muß Tag und Nacht hier
Als Verfluchter weinen
Auf den menschenvollen Straßen.
Niemand von den Meinen
Sieht mich an, und niemand kennt mich —
Taub und blind sie wandeln,
Können nichts als Ketten tauschen
Und mit Wahrheit handeln.
Lassen unterm Joche gehen
Ihren Nächsten, schmähen
Gott den Herren. Pflügen Kummer,
Um Kummer zu säen ...
Und was wächst draus? Hütet euch!
Kein Korn geht verloren!

Geht in euch, ihr halben Menschen,
Ihr kleinmüt'gen Toren!
Blickt doch einmal nach der Heimat
Paradiesesweite,
Liebt sie, öffnet eure Herzen
Ihrem tiefen Leide.
Macht euch frei und werdet Brüder! 187
Nicht in fremden Landen
Sollt ihr suchen gehn nach Dingen,
Die doch nicht vorhanden,
Auch im Himmel nicht, geschweige
Denn auf fremder Erde.
Eure Wahrheit, Freiheit, Stärke
Liegt beim eignen Herde!
Nur einmal gibt es die Ukraine,
Es fließt kein andrer Dneprfluß!
Und ihr zieht fort, als gäb's das eine,
Das heil'ge Gut im Überfluß
Dort in der Fremde! Frei sein, frei!
Mit Brüdern brüderlich! Ihr fandet,
Ihr brachtet ... brachtet uns herbei,
Nach Hause aus dem fernen Lande,
Nur großer Worte Einerlei
Und weiter nichts. Dann kommt und schreit ihr,
Gott hab euch nicht dazu gemacht,
Zu dienen einer Lügenmacht! ...
Und dient und dienert lustig weiter
Und schindet, wie ihr's eh gemacht,
Das blinde Volk, die Hirsebauern;
Zieht wieder in die Fremde aus,
Als gäb's die Wahrheit dort zu schauen,

Nach Deutschland!... Nähmt ihr doch hinaus
Die ganze elende Misere,
All das, was euer Ahnherr stahl —
Der Dnepr blieb in heil'ger Leere
Verwaist in seinem stillen Tal!
Könnt es doch geschehen: Euch nie mehr zu sehen!
188 Verkämt ihr doch dort, wo's geboren euch hat!
Wie schnell würde all unser Kummer vergehen,
Wie freute sich Gott, eurer Lästerung satt.
Dann wärmte die Sonne statt stinkender Fäule
Ein sauberes wieder, ein freies Land.
Die Leute, sie wüßten dann, was ihr für Eulen,
Und zeigten auf euch nicht mit scheuer Hand.
Geht doch in euch! Werdet Menschen!
Schlimm wird's sonst euch gehen!
Denn wer heute noch gefesselt,
Wird bald frei dastehen.
Eines Tages spricht der Dnepr
Und die Berge wieder,
Stromgleich fließt dann eurer Kinder
Blut zum Meere nieder.
Am Gerichtstag werdet Hilfe
Nimmermehr ihr finden,
Brüder richten dann den Bruder,
Mütter ihre Kinder.
Schwarzer Rauch deckt dann die Sonne
Wie mit einem Tuche,
Und mit ew'gen Flüchen wird euch
Euer Volk verfluchen.
Wascht euch rein! Laßt ab, das Antlitz
Gottes zu beschmutzen.

Lehrt nicht weiter eure Kinder,
Ihren eignen Nutzen
Nur im Herrenspieln zu sehen...
Ungelehrte Augen
Blicken tief euch in die Seelen,
Sehen, was sie taugen!
Eure fremden Federn fallen 189
Vor der Armen Blicken.
Eure Neunmalweisheit muß sich
Vor der Einfalt bücken!

Hättet gelernt ihr, wie ihr solltet,
Wärt ihr voll fremder Weisheit nicht.
Jetzt klingt's, als wenn ihr sagen wolltet:
„Wir sind nicht wir — ich bin nicht ich!"
Das sieht und weiß ja alles immer:
's gibt keine Hölle, keinen Himmel,
's gibt keinen Gott — es gibt nur mich —
Und noch den Deutschen, kurz und massig,
Sonst niemanden. — „Doch sag, wie faß ich's:
Wer bist denn du?"
„Geh hin und frag
Den Deutschen nur. Wir wissen's nicht."
So was lernt ihr dann am Ende
Draußen in der Fremde!
Deutschland sagt: „Ihr seid Mongolen."
„Mongolen, Mongolen!"
Tamerlans, des goldnen, Enkel —
Stiefel ohne Sohlen!
Deutschland sagt: „Nein, Slawen seid ihr!"
„Slawen, ja doch, Slawen!"

Der gewalt'gen Slawenahnen
Ururenkel — Sklaven!
Immer lest ihr Kollárs Schriften,
Lest die vielen, vielen
Bücher Šafáriks und Hankas,
Und zu Slawophilen
Werdet flugs ihr... Alle Sprachen
Aller Slawenländer
Kennt ihr. Nur die eigne Sprache —
Nicht! „Das wird sich ändern!
Lernen auch noch unsre Sprache,
Wenn's der Deutsche fordert
Und zum Studium der Geschichte
Uns zu sich beordert;
Dann beginnen wir mit Sprechen!"
Schön habt ihr begonnen!
Plappert so nach den Befehlen
Eurer deutschen Bonnen,
Daß sie's selber nicht verstehen,
Eure großen Meister,
Und nun gar einfache Leute!
Wie sie sich begeistern:
„Diese Harmonie und Stärke,
Die Musik, die Klänge!
Die Geschichte! Und des freien
Volkes Heldensänge!
Hört doch auf mit euren Römern!
Brutus? — Aber geh!
Nur bei uns gibt's Brutus, Cocles,
Ruhmbedeckt seit je!
Aus dem Dnepr stieg die Freiheit,

Ruht, mit Waldeslaub
Zugedeckt und grünen Steppen,
Berge unterm Haupt!“
Nein, aus Blut ist sie entstiegen,
Und sie ruht auf bleichen,
Blut’gen Leibern freier Männer,
Auf Kosakenleichen! 191
Schaut noch einmal nach, lest besser,
Lest es ohne Eile,
Unsrer Ruhmestaten Buch,
Lest Zeile für Zeile.
Laßt nichts aus, nicht einen Titel,
Keinen Punkt, kein Komma,
Lest genauer! Und dann fragt euch:
„Wie ist das gekommen?
Wie die Väter? Wie die Söhne?
Wer hat uns verschandelt?“
Und dann seht, für welchen Preis ihr
Brutusse erhandelt!
Ihr Sklavenseelen! Moskaus Müll
Und Warschaus Dreck! Gewöhnt, den Rücken
Vor fremden Hetmanen zu bücken!
Wes rühmt ihr euch? Daß ihr so still —
Ihr, Söhne unserer Ukraine! —
Und stiller noch einher könnt trotten
Als eure Ahnen unterm Joch?
Sie schneiden euch zu Riemen noch,
Wie sie aus jenen Schmalz gesotten!
Rühmt ihr euch, daß die Kosaken
Für den Glauben kämpften,
In Sinop und Trapezunt einst

Ihre Klöße dämpften?
Ja, das taten sie! Doch euch
Blieben nur die Stoppeln!
Dafür baut in Sitsch der weise
Deutsche jetzt Kartoffeln!
Und ihr kauft sie ab. Prost Mahlzeit!
192 Eßt nur frohgemut,
Rühmt das Land der Saporosher!
Doch mit wessen Blut
Ist gedüngt das Land, wo heute
Die Kartoffeln sprießen?
Euch ist's gleich. Grünt nur der Garten,
Soll's euch nicht verdrießen.
Rühmt ihr euch, daß wir einst Polen
Blutig heimgeschickt?
Ja, wir taten's. Dann fiel Polen —
Und hat euch erdrückt!

So gaben einst im Kampf ihr Leben
Für Moskau, Warschau unsre Ahnen.
Euch, ihren Söhnen, ward gegeben
Beides: die Ketten und die Fahnen!

Und so blutet die Ukraine
Jetzt aus tausend Wunden,
Schlimmer hat der eigne Sohn sie
Als der Pan geschunden.
Zapft statt Bier das Blut, das edle,
Ihr aus wunden Rippen.
Setzt, so will er's, schon dem Säugling
An die schwachen Lippen

Allerneuster Weisheit Gifttrank.
Will im Zug der Zeiten
Blind den Krüppel auf den breiten
Deutschen Weg geleiten.
Gut denn! Tut's nur! Zeigt die Wege!
Solln die neuen Kinder
In der alten Mutter Obhut
Ihre Wege finden.
Zeigt ihr's! Um die rechte Weisheit
Braucht ihr euch nicht plagen.
Eure Mutter wird's euch zahlen!
Eines schönen Tages
Fällt der Star euch von den Augen.
Werdet dann erblicken
Den lebend'gen Ruhm der Ahnen
Und der Väter Tücken.
Wozu selber euch betrügen?
Lernt und lest nur tüchtig.
Lernt das Fremde. Doch vor allem:
Lernt das eigne richtig!
Wer sich von der Mutter wendet,
Steht in Gottes Banne.
Ihn verleugnen seine Kinder,
Jagen ihn von dannen.
Selbst der Fremde läßt den Bösen
Nicht zu seinem Herde,
Nirgends findet er ein Obdach
Auf der weiten Erde.
Weinen muß ich, denk ich meiner
Ahnen unterdessen,
Ihrer großen, schweren Taten.

Könnt ich sie vergessen,
Gäbe ich vom schönen Leben
Gern die Hälfte drum.
So ist unsere Ukraine
Und ihr ew'ger Ruhm!
Und so sollt auch ihr sie lesen,
194 Daß der großen Ahnen
Wahrheit endlich vor euch aufsteht,
Daß sich die Kurgane
Auftun auch vor euren Augen,
Daß ihr lernt zu fragen:
„Wer hat euch, ihr blut'gen Zeugen,
Und warum erschlagen?"
Schließt den jungen Bruder, Brüder,
Wieder in die Arme,
Daß die Mutter wieder lache
Und ihr Herz erwarme!
Sie wird dann mit fester Hand
Ihre Kinder segnen,
Freie Lippen auf der Kinder
Scheitel küssend legen!
Dann vergeht die alte Schande,
Um die heut wir weinen,
Und zu neuen Ruhmestaten
Schreitet die Ukraine.
Eine helle, morgendliche
Sonne blickt hernieder...
Findet euch, umarmt euch wieder,
Hört mich flehen, Brüder!

Wjunyschtsche, 14. Dezember 1845

196 DIE Tage gehn; die Nächte gehn;
Der Sommer geht. Der helle Schein
Im Aug erlischt. Herbstblätter wehn.
Das Denken schläft; das Herz schlief ein.
Alles schlief ein ... Ich weiß nicht mehr,
Ob ich noch bin. So schlepp ich schwer
Das Leben hin. Muß ich es tragen?
Kann nicht mehr lachen, nicht mehr klagen ...

Schicksal, hör mich! Sag, wo bist du?
Nein, es gibt keins, gibt keins!
Hast du, Gott, kein gutes übrig,
Gib böses — nur gib eins!
Laß mich nicht im Gehen schlafen,
Laß mein Herz nicht sterben
Und wie einen faulen Holzklotz
In der Welt verderben!
Laß mich leben, von Herzen leben,
Liebend Menschen hegen,
Und wenn nicht ... die Welt verfluchen,
Feuer an sie legen!
Wehe dem, der Ketten trägt
Und verkommt als Sklave,
Bittrer ist's, als freier Mann
Zu schlafen nur, zu schlafen

Und für ewig einzuschlafen,
Ohne Spur und Erben
Fortzugehn: Dann ist es gleich —
Leben oder sterben!...
Schicksal, hör mich! Sag, wo bist du?
Nein, es gibt keins, gibt keins!
Hast du, Gott, kein gutes übrig,
Gib böses — nur gib eins!

Wjunyschtsche, 21. Dezember 1845

Vermächtnis

198 WENN ich sterbe, sollt zum Grab ihr
Den Kurgan mir bereiten
In der lieben Ukraine,
Auf der Steppe, der breiten,
Wo man weite Felder sieht,
Den Dnepr und seine Hänge,
Wo man hören kann sein Tosen,
Seine wilden Sänge.

Wenn aus unsrer Ukraine
Zum Meer dann, zum blauen,
Treibt der Feinde Blut, verlaß ich
Die Berge und Auen,
Alles laß ich dann und fliege
Empor selbst zum Herrgott,
Und ich bete ... Doch bis dahin
Kenn ich keinen Herrgott!

So begrabt mich und erhebt euch!
Die Ketten zerfetzet!
Mit dem Blut der bösen Feinde
Die Freiheit benetzet!
Meiner sollt in der Familie,
In der großen, ihr gedenken
Und sollt in der freien, neuen
Still ein gutes Wort mir schenken.

Perejaslaw, 25. Dezember 1845

Die Lilie

200 „WOFÜR mußt ich, als ich klein war,
Soviel Leid ertragen?
Wofür wurd ich, groß geworden,
Beinah totgeschlagen?
Wofür pflegt man jetzt mich wieder,
Nennt mich Königin immer,
Zieht mich auf im Zimmer,
Freut sich an dem Schimmer
Meiner Blüten? Hegt mich, pflegt mich,
Läßt mir keine Ruh mehr?
Weißt du nicht, wofür das alles,
Feuermohn, mein Bruder?“
„Kann's nicht sagen, liebe Schwester.“
Still sie an sich ziehend,
Neigt der Feuermohn sein Haupt,
Purpurrot erglühend,
Zu dem blassen, tränennassen
Lilienantlitz nieder.
Und die Lilie weint nur wieder,
Tau im Aug ihr schimmert ...
Dann hebt sie die feuchten Lider:
„Bruderherz, schon immer
Liebten wir einander herzlich.
Aber ich erzählte

Nie dir, wie man mich vorzeiten,
Als ich Mensch war, quälte.

Meine arme Mutter... Was nur
Mochte sie bedrücken?
Immer schaute sie ihr Kind an,
Tränen in den Blicken. 201
Damals ahnt ich noch nicht, Bruder,
Wer ihr tat so Böses;
Wußt von Singen nur und Springen,
Bin ein Kind gewesen.
Doch mit Mutter wurd es schlimmer:
Ich sah sie hinsiechen,
Hörte, wie sie unserm Herrn
Flucht' mit bittern Flüchen.
Und dann starb sie... Doch dem Herrn war's
Plötzlich eingefallen,
Mich zu sich ins Schloß zu holen
In die weißen Hallen.
Ich wußt nicht, daß ich ein Bankert,
Eins von seinen Kindern!
Dann einst fuhr der Herr von dannen,
Mich ließ er dahinten,
Und es fluchten ihm die Leute.
Steckten ihm sein Haus an.
Mich erschlug man fast. Man griff mich,
Führte mich hinaus dann,
Schnitt mir ab die langen Zöpfe,
Hüllte mich in Fetzen,
Um mich so, zu Spott und Schande,
Durch das Dorf zu hetzen.

Mich bespuckten selbst die Bettler
Im Vorübergehen.
Solches ist mir, lieber Bruder,
In der Welt geschehen!
Ließen mich mein junges Leben
Nicht zu Ende leben.
202 Bin im Winter tot am Zaune
In den Schnee gefallen.
Doch im Lenz hab ich als Blume
Mich im Tal entfaltet,
Als schneeweiße, schöne Blume —
Selbst der Hain ward munter.
Winters kam in keiner Hütte,
Gott, mein Gott, ich unter,
Doch im Frühling haben sie mich
Angestaunt, bewundert.
Ganz besonders hab den jungen
Mädchen ich gefallen.
Nannten Lilie mich, Schneeblume.
Und nun blüh ich allen:
Blüh im Walde, blüh im Garten,
Blüh in weißen Hallen.
Sag doch, Feuermohn, mein Bruder,
Was soll das bedeuten?
Warum wurde ich zur Blume?
Damit ich Leuten
Freude bringe, jenen bösen,
Die mich und die arme
Mutter in den Tod getrieben?
Gibt's denn kein Erbarmen?"
Und nun weint die Lilie wieder.

Still sie an sich ziehend,
Neigt der Feuermohn sein Haupt,
Purpurrot erglühend,
Zu dem blassen, tränennassen
Lilienantlitz nieder.

Kiew, 25. Juli 1846

In der Kasematte

204 MIR gleich, ob in der Ukraine
Ich leben werde oder nicht,
Ob ich Erinnrung dort verdiene,
Ob man dort nicht mehr von mir spricht,
Das ist gewiß nicht von Gewicht.
Ich haust in fremdem Land alleine,
Und unbeweint von all den Meinen
Sterb ich, verlassen, ohne Glück,
Und nichts mehr laß ich hier zurück —
Verweht sind meines Daseins Spuren
Auch in der Ukraine Fluren,
In unsrem — nicht mehr unsrem Land.
Kein Vater spricht: „Mein Sohn, zur Sühne
Erheb nun im Gebet die Hand!
Mein Sohn: für deine Ukraine
Ward er gemartert und verbannt."
Mir gleich, ob er mich würdig schätzte
Für ein Gebet zum Himmelreich ...
Doch eines ist mir nicht ganz gleich:
Wenn Schurkenvolk mein Land beschwätzte
Und nach gelungnem Räuberstreich
Das leere Haus in Flammen setzte ...
Nein, nein, das wär mir gar nicht gleich.

Zwischen dem 17. April und dem 19. Mai 1847, St. Petersburg

MEINE Lieder, meine Träume, 205
Meines Herzens Wunde,
Geht nicht fort von mir, bleibt um mich
In der argen Stunde.
Fliegt nun, meine lieben Täubchen,
Mit den zarten Flügeln,
Flattert übern breiten Dnepr
Zu den kahlen Hügeln,
Zu den ärmlichen Kirgisen.
Leben wohl in Nöten,
Leiden Hunger — doch sie dürfen
In der Freiheit beten.
Schwebt um mich; mit stillen Worten
Red ich zu euch Kleinen.
Laßt mich euch wie Kinder zärteln,
Laßt mich mit euch weinen.

Festung Orsk, 2. Halbjahr 1847

N. N.

206 ICH war grad über dreizehn Jahre.
Die Schafe grasten um mich her.
Ich weiß nicht, war's der wunderbare
Besonnte Tag? Ich weiß nicht mehr,
Mir war so wohl im heitren Winde,
Als ob der Himmel offen stünde...
Vom Dorf her riefen sie zum Essen,
Ich aber lag am Wiesenhang
Und betete wie weltvergessen...
Und meine Kindesseele schwang
Zum Himmel sich auf leisem Flügel.
Was hat mein Herz so süß erfüllt?
Wie grüßten Dorf mich und Gefild,
Wie selig Himmel, Wald und Hügel!
Die Sonne schwebte warm und mild.
    Doch als mein Gebet zu Ende,
    Fing die Sonne Feuer,
    Hüllte sich in düstre Brände,
    Rot und ungeheuer.
    Wie im Traum erschreckend schaudr ich.
    Sieh, in grauem Dämmer
    Liegt mein Dörfchen schwarz und traurig.
    Wo sind meine Lämmer?
    Lämmer seh ich — doch nicht meine.
    Lauf in raschem Schritte

Jetzt nach Haus — doch wo ist meine,
Wo ist meine Hütte!
Wo hat Gott mich hingeworfen!...
Und die Tränen fließen,
Heiße Tränen... Und da seh ich
Mich ein Mädchen grüßen.

Stand und rupfte Flachs im Garten,
Sah mich bitter weinen,
Kam und nahm mich in die Arme,
Und mit ihrem Leinen
Meine heißen Tränen trocknend,
Küßte sie mich Kleinen...

Und plötzlich flieht des Himmels Dämmer,
Die Sonne strahlt uns zum Genuß.
Wie hell die Welt! Von Scherz und Kuß
Beseligt, treiben wir die Lämmer,
Das fremde Vieh hinab zum Fluß.

Ein Traum!... Doch wenn ich daran denke,
Mein Herz noch jetzt voll Tränen steht.
Mein Leben lang war mein Gebet,
Daß Gott solch Paradies mir schenke.
Ich wäre friedlich dort gestorben,
Fremd wär mir dieser Welt Verdruß,
Wo nun, verspottet und verdorben,
Ich Gott und Menschen fluchen muß!...

Festung Orsk, 2. Halbjahr 1847

Den Polen

ALS einst wir noch Kosaken waren, 209
Noch nicht verführt vom Pfaffenlug,
Wie fröhlich unser Herze schlug!
Als noch der Steppen freie Scharen
Den freien Polen Brüder waren;
Im stillen Garten unsres Glücks
Uns Töchter blühten, lilienschöne.
Stolz war die Mutter auf die Söhne,
Die freien Söhne... Kühnen Blicks
Wuchsen sie auf, vor ihrem Lachen
War alle Grämlichkeit verbannt...
Bis es das Pfaffentum verstand,
Der Zwietracht Brände zu entfachen
Im stillen Land. Im Blut ertränkt,
Die Freiheit und das Recht verkamen;
So haben sie in Christi Namen
Das arme Volk ans Kreuz gehängt...
Gebeugt nun standen die Kosaken,
Wie wenn der Wind den Wald zerbrach.
Die Ukraine weint! Vom Nacken
Die Köpfe fielen, tausendfach.
Der Henker wütet. Und dazu ja
Gehört des Pfaffen Plapperei
Und sein: „Tedeum! Halleluja!...“

So war das, Pole, Freund und Bruder!
Seit Priester und Magnat am Ruder,
Hat man entzweit uns und verhetzt;
Wir könnten leben so auch jetzt!
Gib deine Hand, uns zu verbrüdern,
Gib uns dein Herz, das rein und treu!
Baun wir in Christi Namen wieder
Das alte Paradies uns neu!

Festung Orsk, nach dem 22. Juni 1847
Nishni Nowgorod, 1858

Zaren

APOLLOS alt gewordne Schwester!
Wie wär's, wenn Sie zu uns zurück
Mal kämen für 'nen Augenblick,
Wie gestern oder ehegestern,
Und Ihren göttlich holden Blick
Zu einer Lobesode höben?
Wie wär's, wenn wir zu zweit mal eben
Von Zaren sängen einen Sang?
Ich muß gestehn: mein Leben lang
Von Bauern immer nur zu singen,
Verlaßnen Mädchen, jungen Herren,
Hab ich schon satt! Ich würde gern
Mit Ihnen höher auf mich schwingen:
Gekrönte Häupter locken mich
Und Gottgesalbte... Doch alleine
Geht's nicht... Drum helft mir auf die Beine,
Zeigt mir, wie dieses Federvieh
Man rupft und ausnimmt, wie so einen
Gesalbten Schopf man männiglich
Mit kräft'gen Händen kriegt zu fassen.
Wenn Sie den heiligen Parnaß
Für eine Stunde könnten lassen!
Ihr altes Auge sieht doch was!
Ich bitt Sie, Tantchen! Wolln wir heute
Den blinden Leuten zur Moral

In strengem Stil, nach strenger Wahl
Der Kronenträger edlen Reigen
Von vorne und von hinten zeigen!
So finden wir uns doch einmal,
Mein Schatz, in diesen schönen Zeiten!

212

I

Jerusalem ruht. Kein Mensch in den Gassen,
Die Tore geschlossen, als hätt in der Stadt,
Der Feste Davids, der heiligen Statt,
Die Pest auf dem Markte sich niedergelassen.
Doch Pest nicht — schlimmeres Unheil liegt
Auf Israels Volk: Der König führt Krieg!

Des Königs Fürsten und Soldaten,
Das ganze Volk, so jung wie alt,
Der Bundeslade Schirm und Halt,
Zog aus ins Feld zu blut'gen Taten,
Schlug sich im Feld mit letzter Kraft.
Viel Väter wurden hingerafft,
Und in der Stadt, in stiller Kammer,
Beweinen ihrer Kinder Jammer
Und ihre junge Witwenschaft
Viel schöne Frauen. Den Propheten
David, den König dieser Stadt,
Verfluchen sie, den Nimmersatt!
Doch der weiß nichts von ihren Nöten:
Am Dache seines Prunkpalasts
Steht der geputzte Landesvater

Und blickt, wie nach dem Speck der Kater,
In seines Nachbarn Urias
Grüngärtlein nieder. Denn dort unten
Geht zwischen Beeten, blumenbunten,
Bathseba, die schöne Sklavin,
Um ein Bad zu nehmen,
Urias Frau, im Evaskleide, 213
Ohne sich zu schämen,
Badet sich nach Herzenslüsten,
Wäscht den schwanengleichen
Busen, bis dem König droben
Fast die Sinne weichen.

Schon dunkelt es draußen. In nächtlicher Stille
Liegt dämmernd und träumend Jerusalem da.
Im Zedernpalaste, den Kopf voller Grillen,
Träumt David, der König, von dem, was er sah,
Und sagt sich: Es ist mein ... es ist Unser Wille!
Ich bin der König hierzulande!
Wie Gottes Wort gilt mein Gebot!
Mein ist die Welt... Sofort verschwanden
Die Sklaven, brachten Abendbrot
Und süßen Weines eine Kanne...
Doch er schickt wieder sie von dannen:
„Die Sklavin will ich, Sklaven, sehn,
Die Bathseba!“ Der große König
Und Seher sah bald untertänig
Bathseba sclber vor sich stehn.
Sie aß, am süßen Wein sich labend,
Mit ihrem König, tat ihm schön
Und lag bei ihm den ganzen Abend.

Der Uria schlief grad ein wenig.
Der Gute ließ sich's auch nicht träumen,
Was in des Schlosses stillen Räumen
Geschah, daß ihn sein eigner König
Bestahl — doch nicht um Gut und Geld,
Nein, um sein Liebstes in der Welt,
214 Um Bathseba — der eigne König!
Damit er nicht zu sehr dran litt,
Erschlug ihn David — und war quitt.
Dann trat er vor sein Volk und schnitt
Ein Bußgesicht. Nathan, dem Braven,
Sang einen schönen Psalm er vor
Und ging dann fröhlich wie zuvor
Bezecht mit seiner Sklavin schlafen.

So lebt ein König! — Und wie leben
Die Sterblichen? Ja, weiß ich das?
Danach sollt ihr erst gar nicht fragen,
Das würd euch wohl auch niemand sagen,
Am Ende gar passiert noch was!...

II

Es hatte David — wie bekannt
Nicht grad ein Musterbild von Tugend —
Zwei Kinder in der besten Jugend,
Tamar und Amnon zubenannt.
Auch heil'ge Männer haben Kinder,
Doch andre als wir kleinen Sünder!
Hört an: Amnon, der junge Mann,

Sein ältster Sprößling, hübsch und schlank,
Legt sich zu Bett, als sei er krank.
Der König David stöhnt und schreit,
Reißt sich vom Leib das Purpurkleid,
Streut Asche auf sein Haupt und flennt:
„Mein schöner Sohn, o bleib am Leben!
Ohn dich kann ich nicht länger leben,
Nicht einen einzigen Moment!
Ohn dich geht alles mir in Scherben,
Ohn dich muß ich gewißlich sterben!“
Und stolpert jammernd, läuft und rennt
Zum Bett des liebsten seiner Söhne.
Doch der liegt kerngesund, der Klotz,
In seinem Zebernschloß und trotzt,
Liegt da und füllt die Luft mit Stöhnen.
Er stellt sich krank. Dem Vater sagt
Er endlich weinend, was ihn plagt:
Die Schwester Tamar soll man bringen!
„O lieber Herr und Vater mein!
Laß meine Schwester zu mir ein,
Sie soll mir backen einen Kringel
Und eigenhändig zu mir bringen.
Verspeis ich den und seh ich sie,
Werd ich gesund.“ Des Morgens früh
Buk Tamar den bewußten Kringel
Und bracht ihn Amnon. Doch der nahm
Sie bei der Hand. In einer Ecke
Hieß er die Schwester sich hinstrecken
Aufs Lotterbett. Sie ringt, von Scham
Verzehrt, die Hände vor dem Bruder
Und schreit: „O Bruder! Komm doch zu dir!

Amnon, ich bitt dich flehentlich,
Mein Bruder Amnon, liebster, bester,
Das bin doch ich, ich, deine Schwester!
Was wird aus mir? Wo berg ich mich?
O Sünd, o Schande! Denk der Strafe
Vor Gottes und der Menschen Thron ...!“
218 Nichts half. Sie mußte mit ihm schlafen.
So also lebt ein Königssohn
In dieser Welt der Sünder.
Merkt's euch, ihr Menschenkinder!

III

Bis David tät zur Grube fahren
Vergingen Jahre.
Er wurde klapprig. Viele Kleider
Brachten die Pagen, um den Greis
Zu wärmen. Doch es half nichts, leider:
Der geile Kater ward nicht heiß.
Nach viel Studieren und Probieren
(Sie kannten seine Wolfsmanieren)
Beschlossen sie, ihm zuzuführen
Mädchen, wie Königstöchter fein.
Die brachten sie dem alten König,
Daß er an jungem Blut ein wenig
Sich wärme, ließen ihn allein
Und schlossen hinter sich die Türen.

Und es leckt der alte Kater
Sich den Bart mit Schmatzen,

Nach der Magd aus Sunem streckt er
Seine dürren Tatzen,
Denn sie war die weitaus schönste
Unter ihnen allen
Diesen Mädchen; wie die Lilie
Auf dem Feld im Tale
Unter Blumen. Ihren König 219
Wärmt sie mit dem Leibe,
Während nackt die andern Mädchen
Rundherum sich treiben.
Wie sie eigentlich David wärmte,
Das ist mir bekannt nicht.
Weiß nur, daß er warm geworden,
Doch sie — „hat erkannt nicht“.

IV

Auf seinem Hof geht stillvergnügt
Der alte Rogwold auf und nieder.
Ringsum sein Volk und seine Krieger
Goldstrahlend, Festesstimmung liegt
Auf allen. Denn die Botschaft kam:
Aus Litaun naht der Bräutigam,
Der Fürst, der wirbt um Jung-Rognida.

Rognida hat vor Lel und Lado
Das heil'ge Feuer schon entfacht,
Salböl und Weihrauch dargebracht
Auf dem Altar als Opfergabe.

Um sie herum, Walküren gleich,
Drehn Mädchen sich in Spiel und Tanz und singen:

„Hoia, hoia, hoi!
Schmückt die Zimmer neu,
Windet Blumen zum Kranz
Den Gästen zum Empfang!"

Bei Polozk zeigt sich eine Wolke
Von schwarzem Staub. Bei ihrem Nahn
Gehn die Bojaren mit dem Volke,
Litauens Fürsten zu empfahn.
Auch Rogwold und Rognida gehen
Mit Mannen und Mädchen ihm entgegen.

Nicht aus Litaun kommt der Fürst, den erwarten sie,
Der noch unbekannte, auf den harrten sie,
Mit den Kiewern rückt, einem Wisent gleich,
Einem Wildeber, um Rognida zu rauben,
Fürst Wladimir an aus dem Kiewer Reich!

Er kam, besetzt' an allen Ecken
Die Stadt, um sie in Brand zu stecken.
Vor allem Volk erschlug sodann
Wladimir Rogwold. Mann für Mann
Macht' er dahin, die Tochter nahm
Er sich als Kebse. Wie er kam,
Zog lärmend in sein Land er wieder,
Geschändet wurde Jung-Rognida
Und dann verjagt. Die Fürstin irrt
Im Elend, einsam und verwirrt —
Der Feind herrscht ungestört im Lande.

So sieht sie aus, die heil’ge Bande,
Das Zarenpack!

V

Geb Gott, es fände seine Henker 221
Das Menschenschinder-Zarenpack!
’s ist schwer mit ihm, nicht auszudenken.
Du gehst herum, ein Dämelack,
Und weißt nicht, wie es anzupacken!
Soll ich mich weiter mit ihm placken,
Mit dem Gesindel? Sag mir doch,
Apollos allerschönste Schwester,
Belehr mich, Täubchen, hilf mir doch,
Am Fuß des Throns mich einzunesten!
Ein Kettchen kauf ich, wenn’s gelingt,
Dir auch zu Ostern, unbedingt!
Dann gehn wir, als Lakain gestriegelt,
In Staatslivree, geputzt, geschniegelt
Zu Hof, die Könige zu lieben!
Wozu verschreib ich meinen Blei?
Denn wo der Mensch nicht gleich und frei,
Ist auch vom Guten nichts geblieben.
Was grüble ich mir den Kopf entzwei?
Gehn wir aufs Dorf! Wo Menschen sind,
Findet das Gute sich geschwind.
Laßt dort uns leben, nach Liebe streben,
Zu Gott, dem Herrn, den Sinn erheben.

Kos-Aral, 2. Halbjahr 1848

Der Prophet

222 EINST sandte Gott, als Vater mild,
Hinab ins irdische Gefild
Zu seinen Kindern den Propheten,
Daß er verkünd an jedem Ort
Der Wahrheit und der Liebe Wort!
Wie wenn aus ihren Ufern treten
Des Dneprs Wogen, floß ins Land
Der Worte Flut in Herz und Geister!
Ein heimlich Feuer war entbrannt
In allen Seelen. Ihrem Meister
In Liebe folgten sie und Sehnen
Und lauschten seinem Wort mit Tränen,
Die Armen alle. Doch die Bösen,
Sie schändeten des Herrn Wesen
Und seinen Ruhm ... zu opfern dann
Unheiligen, gemachten Götzen!
Sie steinigten den heiligen Mann,
Erschlugen ihn ... Weh den Verhetzten!
Doch Gott, der große und gerechte,
Gab diesem tierischen Geschlechte,
Als wären's wilde Wölfe gar,

Verlies und Ketten; denn es war
Ein böses Volk, berauscht am Töten!
Und statt des liebenden Propheten...
Gab er den Menschen einen Zar!

Kos-Aral, 2. Halbjahr 1848 — 18. Dezember 1859,
St. Petersburg

224 UNGEWASCHEN der Himmel
Und verschlafen die Wellen,
Und am Ufer, so weit man nur blickt,
Schilf und Schilf, wie betrunken,
Ohne Wind hingesunken,
Neigt sich, beugt sich, raschelt und nickt.
Mein Gott, soll ich noch lange
An dem elenden Tange,
In dem offenen Kerker zumal,
In den dumpfigen Mauern
Meine Tage vertrauern
Und versauern mir selber zur Qual?
Keine Antwort! Beständig
Nickt das Gras wie lebendig.
Will die Wahrheit mir nimmermehr sagen;
Und sonsten
Hab ich niemand zu fragen.

Kos-Aral, 2. Halbjahr 1848

ICH wurde in der Fremde groß 225
Und werde grau in fremden Landen;
Hier, wo die Einsamkeit mein Los,
Dünkt mich, daß bis zum Weltenrande
So schön nichts wie des Dneprs Flut,
Als meiner heiligen Heimat Weiten...
Ich seh wohl, immer dort ist's gut,
Wo wir nicht sind. Vor einiger Zeit dann,
Zur Unzeit mußte grad mein Weg
Mich wieder in die Heimat leiten,
Die Ukraine... Mein Geheg,
Mein Dorf, wo mich die Mutter säugte,
Mich Kleines, und bei Kerzenlicht
In frommer Brunst vor Gott sich beugte
Und betend, heiß und flehentlich,
Der Mutter Gottes Kerzen weihte,
Daß sie mit milden Händen leite
Ihr Kindlein... Mütterchen, wie gut,
Daß du dein Leben früh verhauchtest
Und Gott nicht zu verfluchen brauchtest
Für mein Geschick.
                    Mir stockt' das Blut,
Als ich mein Dorf sah, kannt's nicht mehr:
Die Leute schlichen stumpf einher,
Schwarz wie die Erde. Es verdorrten

Die grünen Gärten, drin geduckt
Zerfallen Häuslein allerorten,
Die Teiche hat das Kraut verschluckt,
Als wär ein Brand im Dorf gewesen.
Die Leute gingen, scheu von Wesen,
Zur Herrenfron, gedrückt und krumm
226 Mit ihren Kindchen, bleich und stumm! ...

. . . .

Und schmerzlich weinend bin ich dann
Zurück ins fremde Land gefahren.
Doch nicht mein Dorf nur stöhnt in Fron,
In schwere Ketten liegt geschlagen
Die ganze Ukraine schon
Im Joch der Herren ... Tod und Plagen!
Die schmutzigen Herren, die sittenlosen,
Den reichen Schiebern, ihren Brüdern,
Verkauften sie die letzten Hosen ...

. . . .

Wie schwer und schrecklich ist's, verstoßen
Vergehn in dieser Wüste drauß!
Doch schlimmer, in der Ukraine
Zu sein, solang dort Schweigen haust!

Doch siehst du es nicht an, das Böse,
Scheint friedlich, wie es einst gewesen,
Das schöne Ukrainerland.
Der alte Dnepr, bis zum Rand
Das Tal mit blanken Fluten fassend,
    Freut sich seiner Ukraine,
    Prangt mit seinen Wassern.

Und es winken von den Hängen
Dörfer, weit und breite,
Und wo's froh ist in den Dörfern,
Sind auch froh die Leute.
Ja, so wird's erst wieder werden,
Wenn in unsrer Ukraine
Keine Spur mehr von den Herren!...

. . . .

Kos-Aral, 2. Halbjahr 1848

KUCKUCKSRUFEN tönt herüber 229
Aus dem grünen Haine;
Und ein Mädchen weint im stillen,
Ist so ganz alleine.
Meine jungen Mädchenjahre,
Jahre hell und heiter,
Wie die Blumen auf dem Wasser
Schwimmen sie ins Weite.
Hätt ich Vater noch und Mutter,
Hätt ich Gut und Geld,
Gäb's wohl einen, der mich liebte
Und der mir gefällt.
Aber so muß ich als arme
Waise still verderben,
Werd als alte Jungfer einsam
Unterm Zaun wo sterben.

Kos-Aral, 2. Halbjahr 1848

230 HINTERM Walde steigt die Sonne,
Sinkt dann hinterm Walde.
Ein Kosak geht trüb am Abend
Über Feld und Halde.
Wandert eine Stunde,
Wandert eine zweite,
Wartet auf zwei dunkle Augen —
Von der Wiesenseite.
Nimmer kommt die Ungetreue ...
Aus den untern Hagen
— Mit den Hunden und den Treibern —
Kommt der Herr vom Jagen.
Und gleich hetzt er seine Meute
Scharf auf den Kosaken,
Und gleich läßt er seine Leute
Binden ihn und placken.
Wirft den Jüngling in des Zwingers
Finstre Kerkergründe ...
Jagt das Mädchen dann geschändet
Fort in alle Winde.

Kos-Aral, 2. Halbjahr 1848

„NEIN, ich will kein Weib mir nehmen,
Will mich nicht vermählen,
Will mich nicht mit kleinen Kindern
Am Herdfeuer quälen.
Nein, ich will nicht, liebe Mutter,
Hinterm Pfluge trotten,
Mir mein samtnes Wams beschmutzen
Und die Schuh verrotten.
Lieber schon laß ich mich werben,
Mit zur Sitsch zu fahren;
Unser Saporosher Hauptmann
Sammelt seine Scharen.
Im Feldlager zu Chortyzja
Wie bei Muttern wohn ich,
Trage samtene Gewänder,
Trinke Wein und Honig."
Der Kosak ging unbesonnen,
Seinem Ruhm zu fronen.
Und die arme alte Mutter
Weinte nach dem Sohne.
Sonntags dachte oft sie an ihn
Noch beim Abendbrote:
„Von Iwan, von meinem Sohne,
Kommt kein Gruß, kein Bote."
So verflossen zwei, drei Jahre

Und ein vierter Sommer;
Da ist unser Saporosher
Wieder heimgekommen:
Elend, krank und abgerissen
Wankt er in die Hütte.
So war Saporoshje dir die
Beste aller Mütter!
Wer soll ihn jetzt lieb empfangen?
Wem soll er jetzt klagen?
Hätt er doch ein Weib genommen
Einst, in jungen Tagen!
Fort, vorbei die frohe Jugend,
Da man sang und schwärmte.
Niemand, der das ausgekühlte,
Arme Herz erwärmte.
Niemand grüßt den fremden Pilger,
Zündet Herd und Leuchte.
Niemand, der dem lahmen Kranken
Den Trunk Wasser reichte.

Kos-Aral, 2. Halbjahr 1848

ZUGEWACHSEN sind mit Schlehdorn 233
In meinem Land die Straßen.
Kann sein, daß ich es für ewig,
Ewig hab verlassen.
Kann es sein, daß nie ich kehre
In die Heimat wieder?
Kann es sein, daß ganz allein ich
Alle diese Lieder
Lesen muß? O Gott im Himmel,
Schwer ist doch mein Leben!
Weit ist mir das Herz — und keinem
Kann ich davon geben.
Gabst kein Glück mir hier auf Erden,
Glück in jungen Jahren,
Gabst es niemals mir, und niemals
Werd ich es erfahren.
Gabst dem jungen Herzen nicht, mit
Jenem Mädchenherzen
Zu verbinden sich! So schwanden
Tag und Nacht in Schmerzen
Meine Jahre, meine jungen,
Sind so hingeschwunden
In der Fremde. Niemand fand sich,
All mein Leid zu teilen,
Hab selbst niemanden, bei dem ich

Plaudernd könnte weilen.
Schwer ist's mir, o Gott im Himmel,
Ganz allein zu tragen
Alle die Gedanken. Keinem,
Keinem kann ich sagen,
Was mich quält, mit heil'gen Worten,
234 Kann mit nichts erfreuen
Meine Seele, hab selbst niemand,
Ihn der Schuld zu zeihen —
Und zu sterben! ... Laß mich einmal,
Herr, wenn ich's verdiene,
Mein geschlagnes Volk noch sehen,
Meine Ukraine!

Kos-Aral, 1. Halbjahr 1849

ZÄHL im Kerker Tag und Nächte — 235
Hab schon längst verzählt mich.
Herr, und all die schweren Tage
Meine Seele quält sich!
Mit den Tagen ziehn die Jahre
Wie die stillen Fluten,
Schwimmen hin und schwemmen mit sich
Böses so wie Gutes.
Was sie mit sich nahmen, ewig
Bleibt es dir verloren!
Bete nicht, es dringt dein Flehen
Nicht zu Gottes Ohren.

Schon das vierte Jahr ist leise,
Wie es kam, verronnen,
Und mein viertes Büchlein hab ich
In der Haft begonnen,
Und mit Blut und Tränen kritzl ich,
Wie gestickte Zeilen,
Von dem Kummer in der Fremde;
Niemand kann ihn heilen,
Keinem kann ich ihn in Worten,
Keinem je erzählen!
Nirgendwo hört meine Stimme
Irgendeine Seele.

Denn es gibt nicht Wort und Tränen,
Nichts in meinem Kerker,
Nichts ist rings um mich, zu fluchen
Gott und seinen Werken!
Nichts ist da für meine Blicke,
Niemand, um zu reden;
236 Möchtest schon aus dieser Welt sein,
Und doch mußt du leben.
Warum muß ich? Meine Seele
Vor dem Sturz zu retten?
Was liegt schon an meinem Seelchen...
Wofür schlepp ich Ketten,
Wofür leid ich hier auf Erden
Kerkernacht und Sühne:
Schau vielleicht ich doch noch einmal
Meine Ukraine?...
Dann werd ich in Tränenworten
Sie vielleicht begrüßen,
Meine grünen Eichenwälder!
Meine dunklen Wiesen!
Hab zwar in der Heimat keinen,
Der mir nahestände,
Aber doch sind's andre Menschen
Als hier in der Fremde!
Und am Dnepr würd ich wandeln
Bei den frohen Hüttlein,
Würde singen meine kleinen
Traurig-stillen Liedlein.
Lieber Gott, laß mich am Leben,
Daß ich wiederschaue
Meine alten Gräberhügel

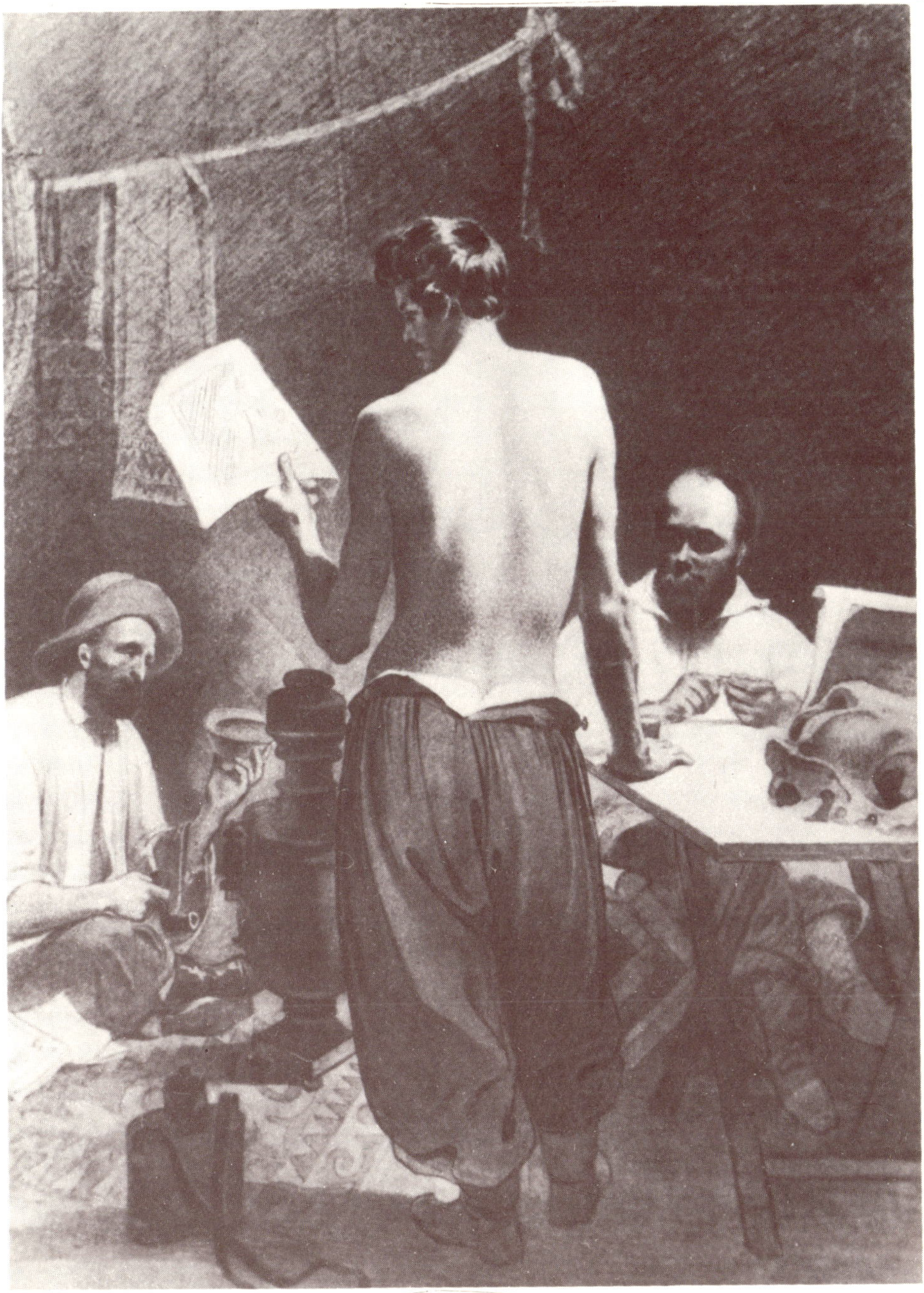

Und die grünen Auen!
Aber soll ich hier verderben,
Dann schick meine Tränen
In die Heimat, denn für sie ja
Muß ich einsam stöhnen!
Leichter wird die fremde Erde
238 Auf mein Herz sich senken,
Wenn sie in der Ukraine
Meiner dann gedenken!
Gott, schick ihnen meine Tränen!
Hör mich, laß nicht morden
Hoffnungslosigkeit die Seele...
Denn schon wüst geworden
Ist's in meinem armen Kopfe,
Und mein Herz voll Kälte,
Wenn ich denke, daß vielleicht sie
Hier auf fremdem Felde
Mich begraben — und die Liedlein
Mit ins Grab versenken!...
Niemand in der Ukraine
Wird dann mein gedenken!

Doch wird vielleicht, nach Jahr und Tagen,
Was ich mit Tränen eingetragen,
Hinüberfliegen irgendwann,
Zur Ukraine hin ... und dann
Dort einem jungen Herz begegnen,
Auf das die Tränen niederregnen,
Wie wenn der Tau die Erde tränkt!
Es nickt mir zu, und es wird einen
Wohl seine Tränen mit den meinen,

Vielleicht, Herr, daß mir's Liebe schenkt
Und meiner im Gebet gedenkt!

Mag sein, was will. Ob frei in Wettern
Ich wandeln, ob ich kriechen soll.
Und ob mich gar der Henker wollt!
Ich kritzle meine weißen Blätter
Mit zarten Stickereien voll.

Orenburg, 1. Halbjahr 1850

240 IHR noblen Herren, o wüßtet ihr,
Wie unsre Leute leben hier,
Ihr würdet nicht Idyllen schmieren
Und Gottes Lob im Munde führen.
Denn wo ihr schwärmt, da weinen wir!
Mit welchem Recht wohl, sagt mir bitte,
Nennt ihr ein Paradies die Hütte?
Wißt ihr, was ich für Tränen ließ
In jenem armen Paradies?
Ja, Tränen schon vom ersten Schritte.
Gott weiß, ob es noch Bösres gab,
Als was ich dort gelitten hab!
Und Paradies nennt ihr die Hütte!

Nein, es sind keine Paradiese,
Wie auch die unsre auf der Wiese
Am stillen Dorfteich keines war,
Wo einst die Mutter mich gebar,
Auf ihrem Arm mich singend schwenkte,
Mit ihren bittren Tränen tränkte
Ihr Kindchen. Unser Waldverlies,
Die Hütte, jenes Paradies,
War erster Kerker mir und Hölle,
Denn Leid und Not stand auf der Schwelle.
Man ließ mir kaum zum Beten Zeit.

Die gute Mutter hat das Leid
Ins Grab gebracht in jungen Jahren,
Weil Last und Not erdrückend waren.
Der Vater hat mit uns gestöhnt
(Wir waren all noch kleine Blagen),
Hat lang sein Los nicht mehr ertragen
Und starb als Knecht bei irgendwem! 241
Das hieß: zu fremden Leuten gehn —
Wie Mäuschen. Ich ging Wasser tragen
Den Schülern in der Schule dann;
Die Brüder mußten sich verdingen,
Bis sie zu den Rekruten gingen!
Und meine Schwestern! Seht euch an,
Was sie geworden! Täubchen, junge!
Als Mägde ohne Heim und Freund
Habt in die Fremde euch verdungen,
Bis weiß das Haar, das Lied versungen,
Und sterbt als Mägde, unbeweint!

Denk ich an unsre arme Kate
Am Rand des Dorfs, mich faßt ein Graus.
Sieh, Gott, so ging's in unserm Haus,
Im Paradies, nach deinem Rate;
Und wie gerecht ging alles doch!
Dies Eden war ein Höllenloch.
Wie flehten wir doch um ein beßres!
Wir Brüder lebten miteinand',
Mit'nander pflügten wir das Land;
Von unsren Tränen ward's bewässert,
Ich weiß nicht ... war's nicht deine Hand,
Die unser Schicksal so gesetzt?...

(Gott, war's nicht gar nach deinen Schlüssen,
Daß wir so elend leiden müssen?)
Vielleicht sitzt du im Himmel jetzt,
Lachst über uns in unserm Eden,
Führst mit den Herren schöne Reden,
Berätst sie, wie man gut regiert.
242 Schau dort: wo sich der Wald verliert,
Wo dort im milden Bett der Wiese
Der Teich sich einwiegt, blank und licht,
Umwoben rings von Weiden dicht,
In die sich weich die Winde schmiegen...
Ein Paradies mit einem Wort!
Doch frag einmal die Ärmsten dort,
Wie sich's wohl lebt im Paradiese!
Lobpreisen werden sie dich, Gott,
Und danken dir mit Jubelzungen
Für das verhießne Himmelsbrot!
Nein, hier wird dir nicht lobgesungen!
Nur Blut und Tränen, Schmach und Spott
Und Schmähungen! In deinem Garten
Ist alles Heilige schon verrucht...
Was willst du andres noch erwarten,
Als daß das Volk selbst dich verflucht!

Orenburg, 1. Halbjahr 1850

243

DIE Lichter brennen, Geigen klingen,
Zum Himmel klingt ein schluchzend Singen!
In heißer Diamantenglut
Erglänzen junge Augenpaare,
Und Freude nur und Hoffnung strahlen
Im frohen Blick. Du hast es gut,
Du sündenloses, junges Blut!
Und alle plaudern, lachen, drehn sich;
Nur ich allein seh freudlos zu;
Wie ein Verdammter abseits steh ich
Und weine, weine immerzu.
Was wein ich? Mir will scheinen heute,
Daß voller Leid und ohne Freude
Die Jugend mir verflog im Nu.

Orenburg, 1. Halbjahr 1850

Der Gottesnarr

244 Zu Zeiten des Feldwebel-Zar,
Da war der Korporal Besruki
Mitsamt dem Säufer Dolgoruki
Herrscher im Lande hier. Das war
Nicht leicht: Es hauste wild im Lande,
Brachte den Leuten Not und Schande
Dies Unteroff'ziers-Satrapenpaar!
Der geschorne Gawrilytsch gar
Und sein Gefreiter, klein, doch flink,
Die drehten da so manches Ding.
Das ganze Volk — ein Heer Rekruten.
Der Feldwebel höchstselbst geruhten
Zu staunen, wie er uns gedrillt,
„Und waren allerhöchst gewillt,
Seinem Gefreiten Dank zu sagen“.
Wir schauten, schüttelten den Kopf
Und kratzten schweigend uns den Schopf.
Sklaven, gemein, zu feig zum Klagen,
Fußschemel vor dem Thron, Lakain
Des Säufer-Korporals! O nein,
Nicht euch, in Tressen und Livreen,
Ihr Denunzianten, Pharisäer,
Ist es gegeben, einzustehen
Für Recht und Wahrheit! Kreuzigen —
Nicht lieben lerntet ihr die Brüder!

Verflucht Geschlecht, ehrgeiziges,
Verreckst du endlich bald? Und wann
Kommt auch zu uns ein Washington,
Um uns Gesetz und Recht zu geben?
Und doch: wir werden's einst erleben!

Nicht Hunderte — Millionen, ihr
Poljanen, Duleben, Drewljanen,
Versklavte der Gawrilytsch hier;
Doch euch, ihr edelen Kijanen
Und eurer Kijaninnen Zier;
Gab dem besoffenen Profoß
Als Mägde der Satrap-Korp'ral.
Ihr hieltet still. Und doch entsproß
Auch euch ein Mann, den das verdroß,
Ein rechtes, tolles Original:
Der schlug dem Korporal die Fresse
Blutig, gar noch während der Messe —
Und fertig war der Hund!
Ihr hättet, Esel, zu dieser Stund
Mit Spießen auf ihn losgehn müssen!
Aber ihr kuschtet...
Das war ein Tag!
Da fand sich doch mal ein Kosak
Unter Millionen Schweinehirten.
Das ganze Reich erfuhr es gleich:
Haut den Satrapen in die Fresse!
Was habt ihr, Gottesnarrn, indessen
Getan, als krank der Korporal?
Ihr nanntet „Gottesnarrn", „Beseßnen"
Den Heil'gen! Und Sardanapal,

Euer Feldwebel, der bekannte,
Hat nach Sibirien verbannt ihn.
Doch dem Satrapen, dem geschlagnen,
Hat er „auf ewig“ angetragen
Allerhöchste Huld. Und weiter kam
Nichts dabei raus. Man trug das Drama
246 Im Trauerzug der Herrn und Damen
Zum Misthaufen hinaus. Doch ich...
Mein heller Stern, du führtest mich
Aus der Bedrängnis, dem Gefängnis
Gradwegs zum Misthauf Nikolais
Und leuchtest hell und leuchtest heiß
Mit Feuer, heil’gem, unsichtbarem,
Belebendem: Der Mist geht auf —
Gleich einer Säule steigt herauf
Sein Schandwerk, gottlos, ungeheuer...
Gottloser Zar und Übeltäter,
Grausamer Wahrheitsfeind, Verräter,
Was frevelst du auf Erden hier!
Und du, allsehendes Auge, wehe!
Du sahst es doch aus deiner Höhe,
Wie man in Ketten, Hunderte schier,
Die Heil’gen nach Sibirien jagte,
Sie folterte, am Kreuze plagte,
Aufhing?! Du wußtest nichts davon?
Du sahst der Menschen Spott und Hohn
Und wurdst nicht blind? O Auge, Auge!
Was soll uns solch ein Auge taugen?
Du schläfst im Schrein, indes die Zaren...
Zum Teufel mit der Zarenbrut!
Solln sie von Foltern träumen nur,

Doch ich will nach Sibirien fahren,
Hintern Baikal. In Bergesschlund,
In Höhlen, Schächte ohne Grund
Blick ich hinab, um euch zu finden,
Der Freiheitskämpfer Bruderschaft,
Und will aus Dunkel, Dunst und Haft
Euch Märtyrer der Zarensünden
Ans Licht her vor die Menschen führen
In langen Reihen, kettenklirrend...

Nishni Nowgorod, Dezember 1857

Ein Traum

Für Marko Wowtschok

250 SIE mähte Weizen für den Herrn,
War müde; doch nicht auszuruhn
Ging zu den Garben sie — zu nähren
Den Sohn Iwan; was sollt sie tun?
Der lag und schrie in seinen Windeln
Im Schatten bei den Garben dort.
Sie legt ihn trocken, gibt dem Kinde
Die Brust und herzt es, und sofort
Fällt, wie sie sitzt, der Schlaf gelinde
Auf sie herab. Von ihrem Sohn,
Von Iwan träumt sie. Reich und fröhlich
Ist er, verlobt und bald verehlicht
Mit einer Freien! Selber schon
Ist er kein Knecht ja mehr. Als Freie
Mähn sie auf eignem Feld zu zweien
Den Weizen fröhlich; sie umringt
Die Kinderschar, die Essen bringt.
Da lächelte die Arme leise
Und wachte auf — nichts rings im Kreise!
Auf Iwan blickte sie verstohlen,
Nahm ihn, tat nach den Windeln sehn
Und ging dann, wie's der Vogt befohlen,
Das Weizenstück zu Ende mähn.

St. Petersburg, 13. Juli 1858

Nach Jesaja, Kapitel 35

(Nachahmung)

FREU dich, Acker, lang getränket nicht!
Freu dich, Erde, lang beschenket nicht
Mit frischen Blumen! Tu dich auf,
Mit Rosenblüten blühe auf!
Du blühst und grünst wie Jordans Auen,
Die heil'gen, lieblich anzuschauen,
Mit Wiesen grün am Flusseslauf!
Und Karmels Ruhm, Libanons Freude,
Die ewig treue, wird dich kleiden
In Feierkleider, fein gewirkt,
Geschickt bestickt mit goldnem Flitter,
Mit Gut und Freiheit reich gefüttert,
Mit heil'gem Skapulier umzirkt.
Die Menschen, blind und unbesonnen,
Sehn staunend Paradieseswonnen.

Und es ruhn die müden Hände,
Die Ketten getragen,
Und die wanken Knie ruhen,
Einst in Fesseln geschlagen!
Seid getrost, verzagte Herzen,
Fürchtet nicht das Wunder —
Gott ist Richter. Er befreit euch,
Kommt, die Vielgeschundnen,

Leidgewöhnten zu erlösen,
Rächt euch an den Bösen!

Wenn dann, o Herr, aus deinem Wesen
Die Wahrheit auf die Erde eilt
Und nur ein Stündchen dorten weilt —
252 Dann werden sehend auch die Blinden,
Die Lahmen springen gleich den Hinden
Zum Wald heraus, wer stumm war, spricht,
Wie Quellen schießt das Wort ans Licht,
Der Wüstensand wird naß und nasser
Und wacht, getränkt mit Lebenswasser,
Vom Schlafe auf. Und plötzlich fließt
Der Fluß, es füllen sich die Seen,
An ihren Ufern grünt und sprießt
Der Wald, ein Vogelparadies.

Leben füllt die Steppen, Seen,
Und nicht mehr Chaussen. —
Freie Stege, breite Wege
Durch die Lande gehen,
Durch die heil'gen. Doch sie findet
Von der Herrscherbande
Keiner! Nur die Sklaven werden
Frei auf ihnen wandeln
Ohne Lärmen, ohne Schreien,
Frohgemut und selig!
In der Wüste wachsen wieder
Dörfer frei und fröhlich!

St. Petersburg, 25. März 1859

AUCH Archimed und Galilei 253
Haben ja keinen Wein gesehen.
Salböl floß in der Mönche Bauch!
Und sie, die heil'gen Vordern, auch
Sind durch die ganze Welt gefahren
Und brachten den armsel'gen Zaren
Ein Krümchen Brot. Aber zertreten
Wird einst das Korn, das Zaren säten!
Und Menschen wachsen. Ungezeugt
Verkommt das ganze Zarenzeug...
Dann wird auf der erneuten Erde
Kein Feind mehr hausen, uns zum Hohn,
Dann gibt es Mutter, gibt es Sohn,
Dann gibt es Menschen auf der Erde.

St. Petersburg, 24. September 1860

254 ICH will nicht Gottes Rat anfechten,
Ich will nicht mit den Menschen rechten.
Ich übe nichts als Selbstbetrug,
Und mit Gesang. Ich zieh den Pflug
Auf meines Ackers magrer Scholle
Und säe Worte. Einmal solle
Die Saat aufgehn. O Selbstbetrug!
Doch mag ich nur mich selbst belügen
Und niemand, niemand sonst betrügen?

Laß dich pflügen, lieber Acker,
Talauf und talnieder!
Nimm die Saat auf, lieber Acker,
Lichte Freiheitslieder!
Tu dich auf in alle Weite,
Breite dich dem Segen!
Öffne dich dem guten Saatkorn
Und dem Schicksalsregen!
Rolle deine Acker-Morgen
Weit und breit ins Volle!
Und Vernunft, nicht Wortgeklapper
Sei das Korn der Scholle!
Leute werden mähen kommen,
Froh die Garben laden!...

Weite, breite dich, mein Acker,
Acker sonder Gnaden!

Es scheint, aufs neue will ich nähren
Den Sinn mit süßen Wort-Chimären.
O Selbstbetrug! Doch besser scheint
Mir noch: sich selbst mit Lug umflechten —
Als wahr zu leben mit dem Feind
Und ohne Fug mit Gott zu rechten.

St. Petersburg, 5. Oktober 1860

256 UNTERM Ahorn fließt das Wasser
Durch die Schlucht hernieder,
Überm Wasser hängt mit Prangen
Leuchtend roter Flieder.
Prächtig wächst und blüht der Flieder,
Und der Ahorn grünt.
Rings um sie stehn Schilf und Weiden,
Immer neu verjüngt.

Aus dem Walde fließt das Wasser
Unterm Haus entlang.
Kleine Entchen schnattern munter
Zwischen Ried und Tang.
Kommt die Ente angeschwommen,
Hinter ihr der Erpel,
Fangen Fischlein, die den Kleinen
Schnatternd sie zuwerfen.

Längs des Gärtchens fließt das Wasser,
Sammelt sich im Teich.
Kommt ein Mädchen Wasser schöpfen,
Singt ein Lied dabei.
Und die Eltern stehn im Garten
Vor der kleinen Hütte,
Halten Rat, wen sie der Tochter
Wolln zum Manne bitten.

St. Petersburg, 7. November 1860

IST’S, Nachbarin, nicht an der Zeit, 259
Daß wir es lassen, lang und breit
Nutzlose Dichtungen zu dichten,
Anstatt den Wagen herzurichten,
Den Wagen für die lange Fahrt? —
Komm, zuckeln wir nach alter Art
Zu Gott, ins Jenseits, auszuruhn...
Sind abgetrabt und müde beid
Und wurden mit der Zeit gescheit —
Uns langt es! —, komm drum, gehn wir schlafen
In einer Hütte stillen Hafen...
Ein lust’ges Hüttchen, daß du’s weißt!...
Nein, laß sehn, wir wolln nicht gehen,
’s ist zu früh noch traun!
Laß uns stehen, laß uns sehen
Und aufs Diesseits schaun!
Laß uns schauen, Schwesterseele...
Sieh, wie es so breit ist,
Wie so breit und tief und fröhlich,
Wie es klar und weit ist...
Komm, mein Stern, wir wollen wandern,
Auf die Berge steigen —
Um zu ruhn... indessen ziehen
Ihren stillen Reigen
Deine Schwestersterne, strahlend

Hoch am Himmelszelt...
Laß uns warten, Schwester, Freundin,
Einz'ge auf der Welt!
Und mit keuschen Lippen wollen
Wir zum Herrgott flehen
Und dann leise auf die Reise,
Auf die weite, gehen.
Wo der bodenlosen Lethe
Ufer weit sich dehnen,
Sollst du, Freundin, segnen mich,
Mit heil'gem Ruhme krönen!...

14. Februar

Einstweilen wolln wir gradewegs,
Einfach, auf Brechen oder Biegen,
Zu Äskulap gehn — er versteht's
Vielleicht, den Charon zu betrügen
Und Atropos? Und bis sich dann
Was ausgedacht der weise Mann,
Könnten wir uns die Zeit vertreiben
Im Wolkenreich und Epen schreiben,
Hexameter, um auszuruhn,
Und sie dann auf den Speicher tun
Als Mäusefraß... Dann, wie es heißt,
Kommt Prosa dran — nach Noten, weißt?
Nicht einfach so!... Beschützerin,
Die mit mir geht durch dick und dünn!
Solang das Feuer noch will brennen,
Laß lieber uns zu Charon rennen —

Über Lethes bodenloses
Wasser laß uns schwimmen,
Mit dem heil'gen Ruhm das andre
Ufer zu erklimmen,
Mit dem ewigen und jungen ...
Oder — hol's der Teufel!
Kann auch ohne ihn auskommen —
Werd mit allem Eifer
An des Phlegethon Gestade
Oder am Styx, im Paradies,
Als wär's am breiten Dnepr, mitten
Im Urwald drin, im Waldverlies,
Ein Hüttchen baun und um die Hütte
Ein Gärtchen ziehn, voll Blumen bunt.
Da sollst du, Schöne, bei mir sitzen
Und ausruhn dich im kühlen Grund:
Wir denken der Ukraine wieder,
Der Dörfer froh im Hain, des Dnepr,
Der Heldengräber in der Steppe —
Und singen uns vergnügte Lieder ...

St. Petersburg, 15. Februar 1861

Nachwort

Im Jahre 1911 erscheint in Leipzig ein Bändchen mit „Ausgewählten Gedichten“, das einen im damaligen Deutschland nahezu unbekannten, in seiner Heimat jedoch äußerst populären Künstler vorstellt: den Ukrainer Taras Schewtschenko. Die Herausgeberin dieser ersten repräsentativen deutschen Auswahl — Julia Virginia, die selbst als Nachdichterin in Erscheinung tritt — bemüht sich in ihrem Vorwort, die Gründe für Schewtschenkos außergewöhnliche Ausstrahlungskraft aufzuzeigen; sie konstatiert: „Dieser Erfolg hat kaum ein Beispiel in der Literaturgeschichte. In einem Jahr wurden seine Lieder das Eigentum der gesamten Ukraine. Sie drangen in die entlegensten Winkel, unter die armseligsten Dächer, und schon nach kürzester Zeit sang man überall seine ‚Dumken‘ unter Tränen des Enthusiasmus. Denn Taras wußte — selbst ein ehemaliger Leibeigener, ein Sohn des Volkes — die zartesten Saiten in der Seele seiner armen Landsleute anzuschlagen und in reinen Klängen ertönen zu lassen.“

Indem Julia Virginia den sozialpolitischen Ton der meisten Gedichte Schewtschenkos mit dessen Unfreiheit und der seiner Landsleute in Verbindung bringt, nimmt sie dem Dichter den Ruf einer exotischen Originalität, der ihm in den spärlichen deutschen Erwähnungen früherer Jahrzehnte anhaftete; sie interpretiert Schewtschenko als Kämpfer für soziale und nationale Gerechtigkeit und erfaßt damit in der Tat den hervorstechendsten Zug seines Schaffens: Durch alle Dichtungen Schewtschenkos zieht sich als roter Faden der Glaube an das Humane, an die Fähigkeit des Menschen, Knechtschaft und Unterdrückung ein für allemal zu verbannen. Diese Überzeugung deckte sich mit den Wünschen und Hoffnungen von Millionen — darin sieht Julia Virginia den Grund für die Popularität des Dichters, auf dessen Person das Volk liebevoll den Titel seines Hauptwerkes —

„Kobsar“ (der Kobsaspieler, ein wandernder Sänger) — übertragen hat.

Angesichts der großen Verehrung für Schewtschenko, die auch nach der Oktoberrevolution anhält, erscheint es zunächst verwunderlich, wenn der bekannte ukrainische Regisseur und Schriftsteller Oleksandr Dowshenko im Jahre 1942, drei Jahre nach der im großen Stil begangenen Würdigung des 125. Geburtstages des Dichters, in

seinem Tagebuch vermerkt: „Es ist schwierig, den Kobsar zu zitieren. Er erinnert mich an einen feuerglühenden Ofen, aus dem man vorsichtig Kohlestückchen herausholt, sie aus einer Hand in die andere wirft und versucht, sich daran sein Pfeifchen anzuzünden...“ Verfechter der unterschiedlichsten künstlerischen und politischen Konzepte bemühen sich, Schewtschenko zu ihrem Gefolgsmann zu machen, indem sie sich auf einzelne Aspekte seines Schaffens berufen. Worin liegt die Ursache für diese Brisanz im Umgang mit Schewtschenko? Was macht die Spezifik seiner ästhetischen Positionen aus?

Im Jahre 1837, als Puschkin im Duell fiel und Lermontow zum erstenmal an die Kaukasus-Front strafversetzt wurde, weil er die herrschende Gesellschaft Rußlands für den „Tod des Dichters“ verantwortlich gemacht hatte, schreibt Schewtschenko die romantische Ballade „Die Behexte“ — das Gedicht, das seine späteren Werkausgaben einleiten wird. „Der Dnepr stöhnt und brüllt, der breite, /Zornbebend heult der wilde Wind,/ Beugt tief hinab die hohe Weide,/ Wirft Wellen, die wie Berge sind.“ Die musikalische Bildhaftigkeit, die auch in der Übertragung Alfred Kurellas nicht verlorengeht, läßt die Sturmnacht am Dnepr zum akustischen Ereignis werden; deshalb kann es nicht verwundern, daß die einleitenden Strophen der „Behexten“ zu einem der beliebtesten ukrainischen Volkslieder geworden sind.

Selbst noch Leibeigener, kommt Schewtschenko 1831 im Gefolge des Gutsbesitzers Engelhardt nach Petersburg, wo er ein Jahr später zum Maler und Anstreicher Schirjajew in die Lehre gegeben wird. Schewtschenko nutzt den Aufenthalt in der damaligen Residenz zum Zeichnen und Lesen — Lermontow wird zu einem seiner Lieblingsdichter. Später, in der Verbannung, bedankt er sich bei seinem Freund Mychailo Lasarewsky für eine Lermontow-Ausgabe:

Dank, armer Freund, für deine Habe,
Die du mir teilend zugedacht!
Hast dich vor Gott mit deiner Gabe,
O Bruder, hochverdient gemacht.
Du sandtest zum Verbannungsorte
Mir unsern Dichter. Eine Pforte
Zur Freiheit hast du aufgemacht.
Hab Dank, mein Freund! Ich will ihn lesen
(Und wär's ein wenig nur...), und dann
Soll Hoffung neu in mir genesen,
Ein leises Lied mein Herz erlösen:
So ruf ich Gott beim Namen an.

Deutsch von Hugo Huppert

Dieselbe „Pforte zur Freiheit" öffnet sich für Schewtschenko bereits frühzeitig auch durch Puschkins Poeme. Bei Vortragsabenden im Hause Schirjajews begeistert er sich vor allem für die musikalische Form und den ungewöhnlichen Inhalt der „Zigeuner", der „Fontäne von Bachtschissarai", und Züge von Puschkins Pugatschow-Gestalt fließen in die Schicksale der Bauernführer in Schewtschenkos späteren Werken ein. In Wilna, wo sich Schewtschenko von 1829 bis 1831 aufhält, hört er vermutlich auch zum erstenmal von dem polnischen Dichter Adam Mickiewicz, seinen engen Verbindungen zu Puschkin und den Dekabristen.

Mit jedem neuen Werk seiner großen poetischen Vorbilder — Mickiewicz, Puschkin, Lermontow — festigen sich Schewtschenkos ästhetische Positionen. Im Jahre 1836 öffnen sich ihm auch die Petersburger Künstlerkreise, in die ihn der Maler Iwan Soschenko einführt: Dieser macht Schewtschenko mit dem ukrainischen Schriftsteller Hrebinka, den Malern Brüllow und Wenezianow, dem Kunstwissenschaftler Grigorowitsch u. a. bekannt; Wenezianow und Grigorowitsch ihrerseits stellen ihn dem berühmten russischen Romantiker Shukowski vor, der eine entscheidende Rolle im Leben Schewtschenkos spielt: Er läßt sich von Brüllow porträtieren, und für den Erlös dieses Bildes in Höhe von 2500 Rubeln wird Schewtschenko am 22. April 1838 — im Alter von vierundzwanzig Jahren — aus der Leibeigenschaft freigekauft. Der junge Taras, der sich zu jener Zeit hauptsächlich der Malerei widmet, kann nun ein Studium an der Petersburger Akademie der Künste aufnehmen.

In dieser Situation bedeutet die Begegnung mit Jewhen Hrebinka eine Wende im Schicksal Schewtschenkos. Den Ausschlag dafür gibt vielleicht weniger der Kreis von ukrainischen Literaten und Wissenschaftlern um Hrebinka — vielmehr ist es dessen Verdienst, daß er den jungen Landsmann systematisch an neue ukrainische Bücher heranführt. Besonders die „Äneis“-Travestie von Iwan Kotljarewsky kommt für Schewtschenko einer Entdeckung gleich: In den typisierten Kosakengestalten spiegelt sich der Alltag des ukrainischen Volkes ausgangs des 18. Jahrhunderts, und die deftige Volkssprache, die Kotljarewsky erstmalig in die Literatur eingeführt hat, erinnert Schewtschenko an seine eigene Kindheit im Gouvernement Kiew, wo er am 9. März 1814 als Sohn leibeigener Bauern geboren wurde, an die schwere Arbeit als Hütejunge, Knecht und Diener im Hause Engelhardts, an die bescheidene Schulbildung beim Küster ... Die Volkslieder in den Sammelbänden von Mychailo Maksymowytsch, mit denen Hrebinka den jungen Dichter ebenfalls bekannt macht, rufen ihm die Lieder der Kobsaren ins Gedächtnis: Sie preisen die legendäre Vergangenheit der Ukraine, die Tapferkeit der Haidamaken, der Führer von Bauernaufständen. Indem unter dem Einfluß von Büchern und Liedern Schewtschenkos drückende Erfahrungen zu neuem Leben erwachen, verstärkt sich bei ihm der Wunsch, das Schicksal seines Volkes mit dem Wort und nicht nur mit Bleistift und Farbe zu gestalten.

Hrebinka nimmt allein schon deshalb eine zentrale Stellung in Schewtschenkos Leben ein, weil er das erste Buch des Dichters im Jahre 1840 fast über Nacht durch die zaristischen Zensurbehörden bringt. Der „Kobsar“ mit acht Gedichten und Poemen, einer Auswahl aus dem poetischen Schaffen der Jahre 1838 und 1839 („Lieder, meine lieben Lieder ...“, „Der Bänkelsänger“, „Kateryna“, „Die Pappel“, „Ach, was solln die schwarzen Brauen ...“, „An Osnowjanenko“,

„Iwan Pidkowa“ und „Die Tarasnacht“), macht Schewtschenko schlagartig berühmt. Begeistert äußern sich vor allem seine Landsleute; das Buch geht von Hand zu Hand, und kurze Zeit später — 1843, während einer Reise durch die Ukraine — begegnet Schewtschenko seinen Versen auf Schritt und Tritt. Auch die russische fortschrittliche Öffentlichkeit reagiert zustimmend: Hervorgehoben wird vor allem Schewtschenkos Nähe zu den Liedern seiner Heimat, man bescheinigt dem Verfasser „dichterisches Feuer“, tiefe Gefühle und grenzenlose Liebe zu seinem Volk. Zwischen den Zeilen kann das nur als Protest gegen die zaristische Unterdrückungspolitik verstanden werden.

Zwei Motive sind es, die Schewtschenkos Frühschaffen — insbesondere den „Kobsar“ von 1840 — prägen: das Motiv der verlassenen und betrogenen jungen Frau und das Motiv der heldenhaften Kosakenfreiheit zu früheren Zeiten. In Schewtschenkos Interpretation füllen sich beide mit konkretem sozialem Gehalt, was die besondere Wirkung auf seine Zeitgenossen erklärt. Das Bauernmädchen Kateryna, die Heldin des gleichnamigen Poems, liebt einen russischen Offizier und wird von ihm verlassen — eine Alltagstragödie, die sich ungezählte Male wiederholte und auch literarisch bereits gestaltet war. Im Unterschied zu anderen arbeitet Schewtschenko allerdings die Standesunterschiede zwischen dem Offizier und dem Mädchen deutlich heraus — der Adlige verstößt gleich zweimal bewußt sein eigenes Kind, und hinter der persönlichen Tragödie deutet sich die Tragödie des ukrainischen Volkes an (durch die weibliche Sprachform assoziiert sich Kateryna mit Ukraina). Schewtschenko verweist darüber hinaus auch auf die Vorurteile, an denen das einfache Volk aufgrund seiner Rückständigkeit festhält: Vater und Mutter sagen sich von Kateryna los, als diese ein Kind erwartet, sie muß sich mit dem „Schandentüchlein“ auf den Weg machen:

Was der Mensch sich alles antut!
Dieser wird geschunden,
Jenen hängt man, und der dritte
Bringt sich selbst zugrunde ...
Und wofür? — Das weiß der Himmel.

Schau, wie weit die Welt ist,
Doch kein Ruheplätzchen findet,
Wer auf sich gestellt ist.

Deutlich schwingt hier auch Schewtschenkos Sehnsucht nach der Heimat mit, die er bereits neun Jahre lang nicht mehr gesehen hat — „Kateryna“ wie alle anderen Gedichte der ersten Ausgabe des „Kobsar“ sind in der Fremde entstanden. Insbesondere das Gedicht „Lieder, meine lieben Lieder ...“ ist beredtes Zeugnis dafür.

Angeregt durch das Studium der Folklore, die während der Romantik verstärkt aufgearbeitet wurde, vertieft sich Schewtschenko in die Geschichte der Kosaken und ihrer Organisation, der Saporosher Sitsch. Beleg dafür sind die Poeme „Iwan Pidkowa“ und „Die Tarasnacht“ aus der ersten „Kobsar“-Ausgabe, kurz darauf wird dasselbe Thema noch einmal in „Hamalia“ aufgegriffen. Angesichts der sozialen Verhältnisse zu Schewtschenkos Zeiten müssen „der Väter Taten“ einfach ideal erscheinen, das Leben in früheren Jahrhunderten verliert seine zeitbedingte Differenziertheit: „Herrlich war's in der Ukraine. /Sing von jenen Tagen/ Euch ein Lied heut, daß die Herzen/ Einmal höher schlagen.“ Dabei kommt es Schewtschenko weniger auf durchgängige historische Detailtreue an — wichtig für ihn ist der ungebrochene Freiheitswille der Vorfahren, der den Zeitgenossen als Vorbild angeboten wird. Selbstverständlich bleibt das auch den zaristischen Behörden nicht verborgen.

Einem ähnlichen Thema wendet sich Schewtschenko in dem großen historisch-heroischen Poem „Die Haidamaken“ zu, das zwischen 1839 und 1841 entsteht. In elf Teilen und einem Epilog gestaltet der Dichter den antifeudalen Volksaufstand im Jahre 1768 unter Salisnjak und Honta — die niederen Volksschichten hatten sich gegen den polnischen Adel erhoben, der die Ukraine mit Mord und Brand durchzog und bei der Niederwerfung des Aufstandes von Katerina II. unterstützt wurde. Im Unterschied zu romantischen Vorbildern stellt Schewtschenko keinen Einzelhelden ins Zentrum des Werkes; die Haidamaken in ihrer Gesamtheit — seine „Söhne“, „Kinder“, „Adler“, wie er sie in der Einleitung nennt — machen Geschichte, sie ziehen den Tod einem Leben in Knechtschaft vor. Das Poem stellt

Schewtschenkos gewachsenes Vermögen unter Beweis, historische Ereignisse realistisch zu motivieren.

Mit Salisnjak und Honta setzt Schewtschenko den ersten künstlerischen Höhepunkt in einer für die ukrainische Literatur typischen Reihe von Heldengestalten, von „Rächern aus dem Volke", die den demütigen, „rechtgläubigen" Bauern in Werken des beginnenden 19. Jahrhunderts ablösen. Nach weiteren Beispielen im Gefolge Schewtschenkos zeichnet sich dann bei Kozjubynsky mit den Gestalten revolutionärer Landarbeiter (in „Fata Morgana", 1904—1910) eine neue weltanschauliche Qualität ab; die Reihe setzt sich fort in den ersten Werken der jungen Sowjetliteratur, beispielsweise mit Iwan Mykytenkos Erzählung „Aufruhr", in denen die Dorfarmut gegen die Kulaken revoltiert. In dieser literarischen Traditionslinie verbindet sich die umfassende Wiedergabe des Volksalltags mit den höchsten Idealen des Befreiungskampfes zur jeweiligen Zeit; meist wird die Natur, Vertraute und Mitstreiterin des Helden, kontrastierend oder unterstreichend in die Charaktergestaltung einbezogen. Aktuellstes Beispiel ist die literarische Bewältigung der Partisanenthematik im zweiten Weltkrieg: In den Kriegserzählungen von Oleksandr Dowshenko verschmilzt die Natur mit der Gestalt des Volkshelden, der sich zum Kampf gegen den Aggressor erhebt.

Schewtschenko selbst schreckt nicht davor zurück, den Kampf mit all seiner Gewalt und Grausamkeit zu zeigen. Allerdings verfällt er niemals einer einseitigen nationalen Betrachtung, wie es bürgerliche Interpreten seiner Werke glaubhaft machen wollen, indem sie mit einzelnen Zitaten jonglieren und den Dichter für antirussische und antipolnische Tendenzen mißbrauchen. Auch Schewtschenkos Polemik gegen Bohdan Chmelnyzky und dessen Annäherung an das zaristische Rußland (in „Überm Dorfe Subotowe...") bezieht sich historisch konkret auf eine Zeit, als die „Bastarde Katerinas" in der Ukraine „wie die Ratten schmatzen". Immer hörbarer wird zugleich der Aufruf zum gemeinsamen Kampf der russischen, ukrainischen und polnischen demokratischen Kräfte gegen die Leibeigenschaft.

Mit den Jahren wird Schewtschenkos sozialer Protest immer schärfer artikuliert. Wenn er in der Einleitung zu den „Haidamaken", die mit dem 7. April 1841 datiert ist, also bereits nach Fertigstellung des

Poems verfaßt wurde, die „neunmalklugen Wichte“ verspottet, die gar noch möchten, „daß die Sonne / Sich nach ihnen richte“, so wendet er sich nachdrücklich gegen Versuche, den Haidamakenaufstand aus adliger Sicht zu werten und das Erstarken einer eigenständigen ukrainischen Literatur zu behindern. Überhaupt gewinnen in Schewtschenkos Dichtungen satirische Töne merklich an Gewicht, insbesondere nach seinem Besuch in der Ukraine 1843/44, als er all das

Elend mit eigenen Augen sieht. Diese Eindrücke schlagen sich im satirischen Gedicht „Der Traum“ nieder, einem politischen Poem, dem die Literaturforschung Parallelen mit Heines „Deutschland. Ein Wintermärchen“ zuschreibt. Schewtschenko bedient sich der Form des Traumes, um frei in Raum und Zeit schalten und damit ein breites soziales Panorama von ganz Rußland zeichnen zu können. Der Erzähler, seiner Weltsicht nach ein einfacher Mann aus dem Volk, erhebt sich im Flug über seine Heimat: Er sieht die versklavte Ukraine, die nach Sibirien verbannten Dekabristen und den Müßiggang in der Zarenresidenz. Aufrufe zum Handeln wie „Müssen lang wir unsre Ketten / Tragen noch hienieden?“ waren ein wesentlicher Grund dafür, daß das Poem zu Lebzeiten Schewtschenkos nicht gedruckt werden konnte (vollständig erschien es erstmalig im Jahre 1907!).

Als Schewtschenko im Mai 1847 im Zuge des Prozesses gegen die Mitglieder der Kyrill-Method-Bruderschaft zu zehnjähriger Verbannung verurteilt wird, ist das Poem „Der Traum“ nicht zufällig ein Hauptbelastungsstück und der Anlaß für seine ausnehmend harte Bestrafung. Die Strafen für die meisten Mitglieder des Geheimbundes, der sich die Vereinigung aller slawischen Völker, die Abschaffung der Leibeigenschaft und die Aufklärung der Massen zum Ziel gesetzt hatte, fallen demgegenüber relativ mild aus. Schewtschenkos fruchtbarste Schaffensetappe findet einen abrupten Abschluß: Nach der Untersuchungshaft im Petersburger Gefängnis (hier entstand der Zyklus „In der Kasematte“) wird er am 30. Mai in die Orenburger Steppen im Süden des Ural abkommandiert, wo er an verschiedenen Orten als „Gemeiner“ zehn Jahre lang seelenlosen Drill ertragen muß und nur unter größter Vorsicht das von Nikolai I. der Verurteilung persönlich hinzugefügte Verbot, zu schreiben und zu malen, umgehen kann. Das zutiefst erschütternde Gedicht „Meine Lieder, meine

Träume“, dem unsere Auswahl ihren Titel verdankt, steht zeitlich am Anfang jenes für Schewtschenko unsagbar schweren Lebensabschnitts.

Vierundzwanzig Jahre Leibeigenschaft und zehn Jahre Verbannung — ein Schicksal, das an Tragik kaum zu überbieten ist — konnten Schewtschenkos Willen nicht brechen. Davon zeugen zahlreiche lyrische Miniaturen, aber auch so sarkastisch scharfe Poeme wie „Zaren“, in denen häufig biblische Themen aufgegriffen werden. Im Frühjahr 1858 schwerkrank nach Petersburg zurückgekehrt, meldet sich Schewtschenko sofort wieder mit politischen Gedichten zu Wort; ideologisch nähert er sich den revolutionären Demokraten Tschernyschewski und Dobroljubow an, die ihn begeistert als Mitstreiter begrüßen. Der Dichter selbst sieht in den Verbannungsjahren lediglich eine „schwere Erfahrung“; in seinem Tagebuch notiert er 1857: „Mir scheint, daß ich genau derselbe bin, der ich auch vor zehn Jahren war. Nicht ein einziger Zug in meinem Inneren hat sich verändert.“

Am 10. März 1861 vollendet sich ein Künstlerleben, dessen Bedeutung weit über die Grenzen der Ukraine hinausreicht. Schewtschenko betritt Neuland — er verbindet folkloristische und literarische Elemente zu einer Synthese; seine Werke, die sich auf den ersten Blick nicht von traditionellen ukrainischen Volksliedern unterscheiden, erweisen sich bei genauerem Hinsehen als vielschichtige Produkte, in denen ein breites weltliterarisches Erbe schöpferisch verarbeitet ist. Damit erschließt Schewtschenko den ihm folgenden Generationen einen Reichtum an künstlerischen Formen und Gestaltungsweisen, der die literarische Entwicklung bis auf den heutigen Tag nachhaltig beeinflußt. Die ukrainische Literatur durchbricht erstmalig enge lokale Grenzen, sie hat sich als eigenständige Nationalliteratur konstituiert.

Im deutschen Sprachgebiet war Taras Schewtschenko lange Zeit nicht das glücklichste Schicksal beschieden. Obwohl sein Name bereits zu Lebzeiten des Dichters wiederholt genannt wird — die Kurzannotation zu den „Haidamaken“ in den Leipziger „Jahrbüchern für slawische Literatur, Kunst und Wissenschaft“, Nr. 1, 1843, gilt als erste deutschsprachige Erwähnung —, hat der deutsche Leser lange Zeit nicht die Möglichkeit, sich unmittelbar mit den Werken Schewtschenkos vertraut zu machen. Erste Abhilfe schafft das Buch „Taras Grigoriewicz Szewczenko, ein kleinrussischer Dichter" des österreichischen Literaturwissenschaftlers und Übersetzers Johann Georg Obrist, das 1870 in Czernowitz (dem heutigen Tschernowzy) erscheint, und neben einem biographischen Abriß auch vierzehn Gedichte und Poeme Schewtschenkos enthält. Weitere Übersetzungen einzelner Werke des Dichters werden in Zeitschriften veröffentlicht, wobei sich die „Ruthenische Revue" (später: „Ukrainische Rundschau", 1903—1916) besondere Verdienste erwirbt. Einen ersten Höhepunkt der Schewtschenko-Rezeption in Deutschland stellt der eingangs zitierte Band „Ausgewählte Gedichte von Taras Schewtschenko" dar, der von der Dichterin und Bildhauerin Julia Virginia besorgt wurde und dreißig Werke in sich vereint. Mit der Erzählung „Der Künstler" (Leipzig 1912) wird erstmalig ein Prosawerk Schewtschenkos übersetzt. Diese beiden Bände lösen ein breites Echo aus, das auch in den Folgejahren, in denen weitere Zeitschriftenübersetzungen das Erbe Schewtschenkos allmählich erschließen, nicht verklingt. Eine besondere Heimstatt findet Schewtschenko in der deutschen sozialistischen und kommunistischen Bewegung. So bittet Rosa Luxemburg in einem Brief vom 5. Februar 1918 darum, ihr die „Ausgewählten Gedichte" ins Gefängnis zu senden. Die „Rote Fahne" bringt Aufsätze über Schewtschenko, die sich polemisch mit bürgerlichen Rezeptionsversuchen auseinandersetzen.

In den Jahren 1939/40 findet sich im sowjetischen Exil ein Übersetzerkollektiv zusammen, dem Erich Weinert, Alfred Kurella, Hedda Zinner, Hugo Huppert, Hans Rodenberg u. a. angehören — diese antifaschistischen Künstler stellen sich die Aufgabe, das Gesamtwerk Schewtschenkos deutsch nachzudichten. Eine umfangreiche Korrespondenz zwischen den Übersetzern, die in verschiedenen Orten der Sowjetunion lebten, macht die Schwierigkeiten dieses grandiosen Vorhabens allein im Bereich der Form deutlich. Alfred Kurella faßt sie zusammen: „Die deutsche Dichtung hat nie etwas Ähnliches hervorgebracht, und es fehlen daher alle Voraussetzungen für eine einfache Reproduktion der Besonderheiten von Schewtschenkos Dichtung. Die Sprache des deutschen Dorfes zerfällt in Mundarten. Das überlieferte Volkslied entstand größtenteils in einer Periode, wo das deutsche Dorf sich von dem ukrainischen der Jahrzehnte 1830—1860 wesentlich unterschied. Die volkstümlichen deutschen Lyriker und Dorfdichter? Man braucht nur die Namen Claudius und Bürger, Hölty und Reuter zu nennen, um sofort zu verstehen, wieviel selbst sie von einem Schewtschenko trennt. Dazu kommt noch, daß der natürliche Rhythmus des deutschen Volks- oder volkstümlichen Liedes (infolge des Unterschieds der Struktur beider Sprachen) dem des ukrainischen genau entgegengesetzt ist."

Nach angespannter Arbeit wird das Manuskript im Mai 1941 abgeschlossen — am 23. Juni fällt es in Kiew dem ersten faschistischen Luftangriff zum Opfer... Eine Kopie, die in Moskau erhalten blieb, dient als Grundlage für eine erneute Überarbeitung, so daß es möglich wird, 1951 den „Kobsar" im „Verlag für fremdsprachige Literatur" herauszugeben — zwei Bände, die heute fast bibliophilen Wert besitzen. Unsere Auswahl basiert auf den Nachdichtungen dieses Übersetzerkollektivs, die — obwohl von Kurella als „erster Versuch" bezeichnet — ihren künstlerischen Wert bis heute bewahrt haben.

Rolf Göbner

Anmerkungen

274 6 *Kein Tüchlein, kein rotes* — Nach altem ukrainischem Brauch wurde ein im Kampf gefallener Kosak mit einem roten Tuch zugedeckt.

8 *Kindervolk* — Unehelich geborene, von der Mutter ausgesetzte und ungetauft gestorbene Säuglinge wurden nach dem Volksglauben im Wasser wieder lebendig und geisterten nachts umher.

16 *Wassili Andrejewitsch Shukowski* — (1783—1852) Russischer Dichter.

Soldaten — Gemeint sind hier und in anderen Gedichten die Angehörigen der in der Ukraine stationierten Zarentruppen.

17 *das Tüchlein nehmen* — Ein Mädchen, das ein uneheliches Kind geboren hatte, wurde geschoren und mußte ein Kopftuch tragen.

18 *Hryz* — Gestalt aus dem ukrainischen Volkslied „Oi, geh nicht zum Tanze, Hryz“.

31 *Tschumaken* — Die Tschumaken fuhren mit Ochsengespannen auf die Krim oder an den Don, wo sie Salz und getrockneten Fisch einkauften, um dann auf den Jahrmärkten der Ukraine Handel zu treiben.

32 *Browary* — Kleine Stadt in der Nähe von Kiew an der Straße nach Moskau.

36 *Hetmanzeiten* — Hetman: politisches Oberhaupt und Anführer der Kosakenschaft in der Ukraine.

43 *Kobsar* — Wandernder Sänger und Musikant. Er begleitet seine Lieder auf der Kobsa, einem der Laute verwandten Zupfinstrument.

46 *Buntschuk* — Feldzeichen der Kosakenabteilungen, mit einem Roßschweif verziert.

62 *Iwan Pidkowa* — (1578 hingerichtet) Kosakenführer moldauischer Herkunft, der im 16. Jh. an der Spitze mehrerer Feldzüge der Kosaken gegen die Türken stand und von 1577 bis 1578 im Moldaugebiet als Hospodar (Fürst) regierte.

Saporosher — Ukrainische Kosaken aus dem Gebeit östlich des unteren Dnepr („jenseits der Stromschnellen").

64 *Sinop* — Stadt und Festung an der türkischen Küste des Schwarzen Meeres.

Zargrad — Alte slawische Bezeichnung für Konstantinopel (heute Istanbul).

65 *Haidamaken* — Bauern aus dem Gebiet westlich des unteren Dnepr, die sich zwischen 1734 und 1768 unter Führung von Saporosher Kosaken mehrmals gegen die Unterdrückung durch den polnischen Adel (Schlachta) erhoben. Der letzte große Aufstand fand 1768 statt und erstreckte sich bis nach Galizien und in das Karpatenland. Er wurde mit Hilfe der Zarin Katerina II. niedergeworfen.

Unsere Auswahl enthält lediglich den Vorspann und die Einleitung zu dem Poem, die vollständige deutsche Ausgabe erschien 1951 im Verlag Volk und Welt Berlin.

68 *Jarema* — Diese Zentralfigur der Dichtung ist nach Schewtschenkos eigenen Angaben halb erfunden.

69 *Sing was von Matrjoscha* — Schewtschenko spielt hier auf sentimentale Pseudovolkslieder seiner Zeit an.

70 *Sitsch* — Organisation der ukrainischen Kosaken am Ostufer des Dnepr, die in der 1. Hälfte des 16. Jh. entstand und bis 1775 existierte. Entlaufene leibeigene Bauern fanden hier eine neue Existenz. Die Saporosher Sitsch spielte eine bedeutende Rolle im Kampf gegen feudale und nationale Unfreiheit.

Skutari — Heute: Üsküdar. Stadtteil von Konstantinopel auf dem kleinasiatischen Ufer des Bosporus.

71 *Chortyzja* — Dneprinsel unterhalb der Stromschnellen, die zum strategischen Zentrum der Saporosher Sitsch wurde.

Hopak — Ukrainischer Nationaltanz.

Shupan — langer Überrock aus Tuch, der zur Kleidung der Kosaken gehört.

73 *Tma, mna* — Silben im Altslawischen.

Oksija — Betonungszeichen in altslawischen Büchern.

lieber Vater — Anspielung auf Wassili Iwanowitsch Grigorowitsch (1786—1865). Der russische Kunsthistoriker, Konferenzsekretär an der Petersburger Kunstakademie, war wesentlich an Schewtschenkos Freikauf aus der Leibeigenschaft beteiligt. Ihm widmete der Dichter die Erstausgabe der „Haidamaken".

276 75 *Stephan und Johann Sobieski* — Stephan Báthory (1533 bis 1586), Fürst von Siebenbürgen, König von Polen seit 1576; Johann (Jan) III. Sobieski (1624—1696), König von Polen seit 1674.

Sejm — Reichstag im polnischen Königreich seit dem 15. Jh., der aus dem König, dem Senat und den Adelsvertretern der Woiwodschaften bestand. Neben dem großen Sejm gab es entsprechende kleinere Körperschaften in den Woiwodschaften, daher „kleine Sejme".

Nie pozwalam — (poln.) Ich erlaube es nicht. Vetorecht der Abgeordneten im Sejm.

Poniatowski — Stanisław II. August Poniatowski (1732—1798), der letzte König von Polen (1764—1795). Er kam mit Hilfe Katerinas II. auf den Thron. Nach seinem Sturz war die Teilung Polens zwischen Preußen, Österreich und Rußland endgültig vollzogen.

76 *Paz und Puławski* — Polnische Adlige, Anführer der Opposition gegen Poniatowski.

Konföderation — 1768 schloß sich der reaktionäre Landadel Polens zur Konföderation von Bar zusammen. Der Bund war gegen Stanisław Poniatowski gerichtet, dessen Reformen die Rechte der Magnaten, des Landadels, einschränkten.

77 *Hamalia* — Verallgemeinertes Bild eines Kosakenführers. Ein Hamalia, der die Saporosher bei einem Seefeldzug gegen die Türken anführte, ist in der Geschichte der Ukraine nicht bekannt.

78 *Wiesenland* — Die Steppe am linken Ufer des unteren Dnepr, wo die Saporosher in Friedenszeiten lebten, wurde Große Wiese (Welyky luh) genannt.

84 *Galata* — Anspielung auf die Überlieferung, nach der ein

Hetman vom Meer aus mehrere Überfälle auf türkische Küstenstädte unternahm und auch Galata, den Vorort von Konstantinopel, in Brand steckte. Es handelte sich allerdings nicht um einen Mönch, der Hetman wurde lediglich im Kiewer Bruderschaftskloster beigesetzt.

85 *Warwara Nikolajewna Repnina* — (1808—1891) Russische Schriftstellerin, die sich für die Gedichte Schewtschenkos begeisterte und mit dem Dichter befreundet war. Sie war die Nichte des nach Sibirien verbannten Dekabristen Sergej Grigorjewitsch Wolkonski (1788—1865), von dessen Leidensweg sie Schewtschenko während seines Besuches im Jahre 1843 berichtete.

114 *Rings Wälder, Sümpfe* — Gemeint ist Sibirien, wohin die Dekabristen verbannt wurden.

115 *Ketten klirren* — Nach dem Mißlingen des Dekabristenaufstandes 1825 wurden viele Teilnehmer in Ketten zur Zwangsarbeit in sibirische Bergwerke geschickt.

116 *wie sie gezeichnet* — Wie alle Verbannten wurden auch die Dekabristen mit einem in die Haut eingebrannten Erkennungsstempel gezeichnet.

117 *Eine Stadt* — Gemeint ist St. Petersburg, das 1703 auf Pfahlrosten im sumpfigen Newadelta gegründet wurde.

Blitz und Donner schrillen — Bei einer Militärparade vor dem Zaren Nikolai I. und seiner Familie im Mai 1844 wurde in der illuminierten Hauptstadt ein Feuerwerk abgebrannt.

118 *Landsmann* — Gemeint ist einer der Ukrainer, die beim Zaren in den Dienst getreten sind und auf die Schewtschenko zeitlebens schlecht zu sprechen war.

123 *Festungsmauern ... Und der Turm — wie eine Ahle* — Gemeint ist die Peter-Pauls-Festung mit ihrem hohen, schmalen, vergoldeten Glockenturm.

124 *Dem Ersten — die Zweite* — Die Zarin Katerina II. ließ Peter I. auf dem Senatsplatz in Petersburg ein Denkmal setzen, das den Zaren auf einem Pferde reitend zeigt. Das Denkmal trägt die Inschrift: Petro primo — Katerina secunda.

Eine Stimme — Sie gehört dem ukrainischen Hetman Pawlo Polubotok (etwa 1660—1723), der in der Peter-Pauls-Festung starb. Sein von Schewtschenko aus der adligen Geschichtsschreibung übernommenes romantisches Bild entspricht nicht der Wirklichkeit.

Gluchiw — Kleine Stadt in der Ukraine, zeitweiliger Sitz der Hetmane im 18. Jh. Gluchiw liegt in jenem Teil der Ukraine, der sich 1654 an Rußland anschloß.

128 *Meister Petz* — Anspielung auf Nikolai I.

131 *Keinen Sohn erschlägt ein Vater* — Bezug auf die in dem Poem „Die Haidamaken“ geschilderte Episode, in der Honta seine Söhne erschlägt.

133 *Šafárik gewidmet* — Pavel Jozef Šafárik (1795—1861), slowakischer Dichter, Sprachwissenschaftler, Historiker und Volkskundler, der in seinen Arbeiten die Idee der Einheit aller slawischen Völker propagierte.

So brannten Deutsche — Gemeint sind die deutschen Ordensritter, die in den Feldzügen gegen die slawischen Länder Städte und Dörfer zerstörten.

134 *Hesekiel* — Dem jüdischen Propheten Ezechiel, bei Luther Hesekiel (Beginn des 6. Jh. v. u. Z.), trug der Gott Jahwe auf, Zeichen zu geben, an denen die Leute erkennen sollten, was ihnen bevorstand.

135 *Hus* — Jan Hus (um 1370—1415), tschechischer Reformator, den das Konzil von Konstanz zur Verbrennung als „Ketzer“ verurteilte.

138 *Ein Mönch* — Gemeint ist der Papst.

139 *Bethlehem-Kapelle* — Eine kleine Kirche in Prag, in der Hus predigte.

142 *Avignoner* — Die südostfranzösische Stadt Avignon war lange Zeit päpstliche Residenz. Die Päpste, die sich der Willkür des römischen Adels entziehen wollten, gerieten so in die Abhängigkeit der französischen Könige. Auch nachdem Gregor XI. 1377 die Residenz wieder nach Rom verlegt hatte, wurden in Avignon weiterhin Päpste gewählt. Erst das Konzil von Konstanz (1414 bis 1418) machte dieser Spaltung ein Ende. Auf diese ganze verworrene Lage spielt Schewtschenko hier an.

Gänse streitbar schnattern — Gemeint sind die Anhänger von

Hus (husy bedeutet auf ukrainisch Gänse), die mit den „Adlern“, den Anhängern des römischen Papstes, kämpfen.

143 *Kaiser und Wenzel* — Gemeint sind Sigismund (1368—1437), römisch-deutscher Kaiser seit 1410, der das Konzil von Konstanz einberief, und sein Bruder Wenzel (1361—1419), König von Böhmen seit 1378.

148 *ein Aar* — Gemeint ist Martin Luther.

149 *vom Berge Tabor ...winkt der alte Žižka* — Nach dem Tode von Hus übernahm der linke Flügel der Hussiten, nach ihrem Feldlager (tschech. tabor) in Südböhmen auch Taboriten genannt, die Führung der Bauernbewegung. An der Spitze der taboritischen Truppen stand Jan Žižka von Trocnov (etwa 1370 bis 1424), der sich als hervorragender Feldherr bewährte.

150 *Subotowe* — Dorf im Gouvernement Kiew, in dem der Kosakenhetman Bohdan Chmelnyzky (um 1595—1657) einen Wohnsitz hatte; hier wurde sein Leichnam beigesetzt. Unter Chmelnyzkys Herrschaft kam es 1654 zum Anschluß der Ukraine ans russische Zarenreich.

151 *Alexej* — Alexej Michailowitsch (1629—1676), russischer Zar aus dem Hause Romanow (seit 1645).

159 *Gorodischtsche* — Kleine Ortschaft im Gouvernement Kiew.

163 *Handtuch ... Tauschbrot* — Nach altem ukrainischem Hochzeitsbrauch brachten die Brautwerber geweihtes Brot mit. War das Mädchen mit der Werbung einverstanden, nahmen seine Eltern dieses Brot in Empfang und gaben dafür den Werbern anderes Brot. Das Mädchen übergab ihnen bestickte Handtücher.

166 *Barbara* — Die heilige Barbara, von der das Kiewer Kloster Reliquien beherbergfe. Pilger, die die ihr geweihte Kirche aufsuchten, kauften dort zur Erinnerung Ringe mit der Inschrift „Barbara“.

177 *Jakob Petrowitsch de Balmen* — (1813—1845), mit Schewtschenko befreundeter Maler, der auch dessen Gedichte illustrierte. Er fand während des Feldzugs im Kaukasus den Tod.

178 *Dort haben WIR* — Anspielung auf die grausame und räuberische Politik der russischen Zaren gegen die kaukasischen Bergvölker.

179 *Saklja* — Hütte der Bergbewohner.

Tschurek — Fladenartiges kaukasisches Brot.

180 *Ein König hütete einst Schweine* — Gemeint ist die biblische Geschichte von König David und Uria.

187 *Und ihr zieht fort* — Anspielung auf jene ukrainischen Gutsbesitzer, die sich für den utopischen Sozialismus erwärmten und gleichzeitig ihre Leibeigenen ausbeuteten.

189 *Tamerlan* — Abendländische Form des Namens Timur-Lenk (Timur der Lahme), eines mittelasiatischen Eroberers (1336 bis 1405).

190 *Kollárs Schriften* — Jan Kollár (1793—1852), slowakischer Dichter und Gelehrter, vertrat gemeinsam mit Šafárik und Hanka die Idee der slawischen Gemeinsamkeit.

Bücher ... Hankas — Václav Hanka (1791—1861), tschechischer Slawist, Professor der Prager Universität.

Slawophile — Anhänger des Gedankens einer eigenständigen, von der westlichen Kultur unabhängigen Entwicklung aller slawischen Völker.

Cocles — Held der römischen Sage, tat sich hervor bei der Verteidigung der Stadt Rom gegen die Etrusker (508 v. u. Z.).

191 *Sinop und Trapezunt* — Städte an der türkischen Küste des Schwarzen Meeres, gegen die mehrere Feldzüge der Saporosher Kosaken gerichtet waren.

192 *Dafür baut in Sitsch* — Nach der Auflösung der Sitsch 1775 siedelte Katerina II. im Süden der Ukraine deutsche Kolonisten an.

Dann fiel Polen — 1831 hob die Zarenregierung die Autonomie Polens auf und machte es zu einem Bestandteil des Russischen Reiches.

204 *In der Kasematte* — Gedichtzyklus, den Schewtschenko 1847 im Gefängnis schrieb. Unsere Auswahl enthält lediglich das dritte der zwölf Gedichte.

205 *Kirgisen* — Gemeint sind Kasachen. Zu Schewtschenkos Zeiten wurden alle Nomadenstämme in den Steppen am Kaspisee Kirgisen genannt.

211 *Apollos ... Schwester* — Die Muse der Dichtung.

219 *Rogwold* — Fürst von Polozk in der 2. Hälfte des 10. Jh.
Rognida — Rogwolds Tochter.
Lel und Lado — Lado ist die altslawische Göttin des Frühlings und der Liebe, Lel — ihr Sohn.

220 *Fürst Wladimir* — Wladimir Swjatoslawitsch, Großfürst von Kiew (980—1015).

225. *mußte grad mein Weg / Mich wieder in die Heimat leiten* — Nach vierzehnjähriger Abwesenheit weilte Schewtschenko 1843 wieder in seinem Heimatdorf.

244 *Feldwebel-Zar* — Nikolai I.
Korporal Besruki — Gemeint ist Dmitri Gawrilowitsch Bibikow (1792—1870), Generalgouverneur der Gouvernements Kiew, Podolien und Wolhynien. In einer Schlacht hatte Bibikow den linken Arm verloren, weshalb ihn Schewtschenko „Besruki" („ohne Arm") nennt. Im weiteren wird Bibikow auch Gawrilytsch genannt.
Dolgoruki — Fürst Nikolai Andrejewitsch Dolgorukow (1792 bis 1847), Generalgouverneur der Gouvernements Charkow, Poltawa und Tschernigow. Dolgoruki bedeutet soviel wie „Langarm".

245 *Poljanen, Duleben, Drewljanen* — Altslawische Stämme auf Territorium der heutigen Ukraine. Bedeutet hier soviel wie Ukrainer.
Kijanen — Einwohner des alten Kiew.
ein Mann — In der Stadt Petrosawodsk wurde der spätere Kanzleichef des Generalgouverneurs Bibikow, Pissarew (nicht Bibikow selbst), von einem kleinen Beamten geohrfeigt.
Ihr hättet, Esel ... Aber ihr kuschtet — Diese drei Zeilen sind in Schewtschenkos Handschrift ausgestrichen.

246 *Misthauf Nikolais* — St. Petersburg.
Die Heil'gen nach Sibirien jagte — Gemeint sind die Dekabristen.

250 *Marko Wowtschok* — Pseudonym der bekannten ukrainischen Schriftstellerin M. O. Wilinska-Markowytsch (1833—1907). Von ihr stammen u. a. die „Volkserzählungen" (1858), die Turgenjew ins Russische übersetzte.

259 *Ist's, Nachbarin, nicht an der Zeit* — Dieses ist Schewtschenkos letztes Gedicht. Er verstarb am 10. März 1861.

260 *Charon* — Figur den antiken Mythologie, der Fährmann, der die Seelen der Verstorbenen über den Totenfluß in die Unterwelt übersetzte.

Atropos — Gestalt der antiken Mythologie, eine der drei Parzen (Schicksalsgöttinnen). Sie schnitt den Lebensfaden ab.

261 *Phlegethon ... Styx* — Flüsse in der Unterwelt.

Abbildungsverzeichnis

Überschwemmung, 1845
17,5×26,9. Papier, Aquarell
Seiten 88/89

Bildnis des Vaters, 1829/30
13,8×5. Papier, Tusche, Feder, Pinsel
Seite 97

Zigeuner, 1851
24,3×17,9. Papier, Sepia
Seite 111

In Reschetyliwka, 1845
17,9×27,1. Papier, Tusche, Sepia, Aquarell
Seiten 120/121

Kasachen am Feuer, 1848/1849
23×17,6. Papier, Bleistift, Sepia
Seite 129

Andruschi, 1845
17,5×26,9. Sepia
Seiten 136/137

Folter, 1856/57
28,2×21,7. Papier, Tusche, Bister
Seite 145

Das Frauenkloster in Tschyhryn, 1845
17,5×26,9. Sepia
Seiten 152/153

Blick auf Tschyhryn, 1845
17,5×26,9. Aquarell
Seiten 168/169

Die Kasachin Katja, 1856/57
27,6×21,5. Papier, Sepia
Seite 175

Für den Schutzumschlag wurde das Gemälde „Kateryna“ (1842) von Taras Schewtschenko verwendet.

Inhalt